がんばっていきまっしょい

敷村良子

幻冬舎文庫

がんばっていきまっしょい

故・若江實《みのる》さん、そして、すべてのボート経験者へ――

もくじ

がんばっていきまっしょい

走っていた。歩いているつもりなのに走っていた。何か大きな力が背中を押していた。中庭の木々の青が匂った。トイレのスリッパの方がよく似合う学校指定の上履《うわば》きが、コンクリートの通路に薄く積もった砂をはねあげ、スカートの裾《すそ》が汚れているのがわかった。体育の教官室はグラウンドの横にあった。古い木造で階段を上るとぎしぎしと音がする。悦子《えつこ》が教官室の戸を開けるとむっとする汗の匂いが鼻をついた。

「女子ボート部、作りたいんです」

クマというあだ名の顧問の先生はきょとんとしていた。

「どしたんぞ、お前。まあ、落ち着けや。何年何組の誰ぞ」

「一年六組の篠村《しのむら》悦子です」

放課後の校庭から野球部員の掛け声と小気味いいノックの音が聞こえた。

「ボート部はあるけど、女子の部はないぞ」

「知っとります。ほやけん、作りたいんです」

「お前、バドミントン部じゃなかったんか」

「やめました。ボート部は女子部がないから、あきらめとったんですけど、やっぱりやりたいんです」

　自分の本気を伝えるために一時間かかった。どうしてこんなにむきになっているのか自分でもよくわからない。県内の高校の競技ボートは女子はナックル・フォアだけである。四人の漕《こ》ぎ手と舵《かじ》をとるコックス、最低あと四人メンバーが必要だった。自分の他にはまだ誰もいない。道は見えなかったが、やってみるしかない。クマに渡された設立願いの書類を握りしめて、また悦子は走った。

＊

　高校入試の合格発表は見に行かなかった。どうせ落ちると思い込んでいた。落ちたってかまうものか、中学浪人なんかしないで潔く家業の洗濯屋を手伝えばいいと思った。

卒業式から合格発表までは、手伝っても小遣いももらえなかったが店番をした。ワイシャツの襟を洗うのを手伝おうとしたら、父に触るなと怒鳴られた。姉にはときどき手伝わせていたが、悦子は不器用で乱暴だから触らせてくれない。母の姉夫婦は隣で花屋をやっている。子供がいないのでここを継ぐ手もある。私立高校は、まず落ちる生徒はいないのだが、特待生で合格していた。京都の大学に進学した姉の仕送りをどうやってやりくりするか、毎晩、夫婦してため息をついている両親には、学費免除の特待生で私立に通う方が嬉しいだろう。そうこうしているうちに発表の日になった。翌朝の新聞で自分の合格を知った。嬉しくも悲しくもなかった。ただひたすら、ほっとした。ぷちんと糸が切れたように気持ちが漂っていた。

一日かけて部屋の大掃除をした。風呂の焚《た》き口で問題集や模擬試験のテスト用紙をみんな燃やしたら、なんだか気分がすっきりした。せっかくだから昼間から風呂に入ってやった。

次の日はずっと我慢してためていたマンガを読んだ。中学時代に愛読した『ベルサイユのばら』も一巻から読み返した。オスカルとアンドレが結ばれる場面は何度読んでも胸の奥がペンで突かれたようにずきっとして涙があふれた。三日目は一日中テレビを見てやった。朝六時のニュースから最終までつきあうと、脳が思考を停止してしまいそうだった。

四日目はやりたいことを思いつかなかったので、気のすむまで眠ってやろうと思った。朝食を食べ、すぐに二階の自分の部屋にこもった。隣の部屋は姉が使っていたが、アルバイトで忙しく帰省していなかった。姉の気配のない二階はしんとして奇妙に静かだった。ベッドの上に横になると、全身の重力が吸収されて楽になったような気がした。開けた窓から風が吹き込んできた。風は透明でぴんと張りつめ、それが気持ちよかった。お腹《なか》もいっぱいだし、静かだし、眠りを邪魔するものは何もないのに眠くならない。どこからくるものなのか悦子にはわからなかったが、漠然とした不安感が石になって胃に詰まったようで重い。これから自分がどこへ運ばれていくのか見当もつかなかった。見えない先の暗闇は、底のない井戸のようで、吸い込まれてしまいそうだった。エネルギーが澱《よど》んで、どこから出たらいいのか出口を失い、身体の中でぐるぐる回っていた。何もしなくても時間は過ぎていくのだなあ、と妙なことに感心した。三時間ほどじっとしていたが、馬鹿馬鹿しく、やたらと虚しくなってきた。

そうだ、家出しよう。そう思いついたら急に腹が減った。ばあちゃんが「昼飯ぜえ」と階下から呼んだ。ばあちゃんは裏に住んでいた。商売で忙しい母と伯母に代わって、ばあちゃんが賄《まかな》いをやって、みんなで食べるのが習慣だ。ばあちゃんは昔、じいちゃんと食堂をやっていたので料理がうまい。誰が決めたわけでもないけど、昼はいつもうどんに決まっていた。じゃこ天を乗せたあつあつのうどんを食べると、自転車に乗って出かけることにした。お金など持っていないのだから贅沢はできない。自転車で出かけたって家出は家出だ。両親も隣の伯母夫婦も悦子が出ていくのを見ていたが気にもとめない。なんだかちょっとだけ悲しかった。

外に出て目をあげると、頭の上に呑気な青空が広がっていた。まさに家出日和だ。海にしようか山にしようか迷ったが、山道で日が暮れるとタヌキに化かされそうなので海にした。悦子の住む町は四国にあるこぢんまりとした都市、松山の郊外にあった。適当に田舎で海も山も温泉も近い。デパートやビルの並ぶ中心街から自転車を三十分もこげば、田圃の広がる農村に出る。だいたいこっちの方角だろう、とあたりをつけてペダルをふんだ。麦畑の脇道をどんどん走ると見慣れない町に出た。その風景の中にまだ海の気配はなかった。心細かった。やけになってひたすら進んでいると、大通りに出て、いつの間にか漁港に沿った道に出ていた。電車の線路沿いに走ったら小さな踏切があった。それを越えて軒先に洗濯物がひらひらしている民家の間の細い道で自転車を降り、押して歩いていくと潮の香りがした。民家の終わりには壊れそうな木造の掘建て小屋があった。片方は二階屋で片方は平屋だった。何かの倉庫のようにも見えた。砂浜に立ってぼんやりしていた。興居島《ごごしま》へ渡る定期船がゆっくりと海の上を滑っていった。海岸の向こうは遊園地のある梅津寺《ばいしんじ》である。護岸壁に沿って桜が嬉しそうに咲いていた。その護岸壁の前から、細長い四人漕ぎのボートが悦子の方に向かってきた。後ろに座った人が何か怒鳴っていた。先の赤いオールが海面をはねて白い飛沫《しぶき》があがる。悦子は進むボートから目が離せなかった。ボートは悦子の目の前を通り過ぎた。逆光になってボートと人が溶けてシルエットになった。それは自分も溶けてみたくなるような濃いセピアの影だった。ボートは二回、海岸に平行に往復し、やがて興居島のほうへ去った。

　ボートが見えなくなったあと、悦子は梅津寺の駅の下の行き止まりまで歩いた。それがどんなものなのかわからないけど、なんだかボートっていいなあと思った。しばらく砂浜に座っていたけど、まだボートは帰ってこなかった。引いては寄せる波をじっと見ていた。いつの間にか太陽は夕日の赤に変わっていた。波があちこちで金色に輝いて、海の果ては朱色に染まりかけている。心のシャッターを切り、残照の海を目に焼きつけて、悦子は立ち上がった。

ペダルをふんでいるうちに、あたりは暗くなった。一度は見たことのある場所なのに次元の違うパラレルワールドみたいだった。今いる世界の軸が本当にずれてしまったのかもしれなかった。大事件は音もなく起こるものなのだ。

ばあちゃんの茶の間でいつものように両親と伯母夫婦が食事していた。遅かったねとも、どこへ行っていたんだとも聞かれなかった。時計を持っていなかったので長い間そうしていたと思っていたが、実際はそれほどたっていなかった。半日だけの家出だけど悦子には意味のある一日だった。戻る場所があるから冒険は成立するのかもしれないと思った。

*

机の上に入学説明会で買ってきた教科書や問題集がどっさり置かれていた。これから少なくともあと三年はペンだこが消えないのだ。高校入試の勉強をしているとき、悦子はなんでこんなクイズみたいな問題に答えなければならないのか、不思議になることがあった。だけどそんなことは、身体の骨や筋肉の動きを考えながら歩くようなもので、受験そのものに疑問を持てば動けなくなる。多分、成績の良し悪《あ》しには頭の良さもあるけど、性格の素直さも関係あると思った。小さい頃は勉強も楽しかったし、道を歩いていて、咲いている野草やありふれた虫にだってはっとしたり、どきどきしたりしていた気がする。もっと大きな声で笑えたし、泣けた。このごろは感情のインプットとアウトプットがうまくいかない。

入学説明会は悦子ひとりで行った。ほとんどの生徒は母親と一緒だった。生徒たちは誰もが真面目で利口そうで、悦子にはおもしろくなかった。中に混じっていると自分が場違いな高校に来てしまったことに気がついた。見た目には悦子も他の生徒と同じにしか映らないのだろう。個性がないと大人は言うけど、学校では個性があると潰されてしまう。首をすくめてじっとしているしかない。ワラ半紙に印刷された入学までにやっておく課題のリストが配られ、教科ごとに担当の教師が説明した。配られたとたんに、あちこちからため息がもれた。大学入試はもう始まっているのだ。

驚いたのは同じ町内の材木屋の息子、関野ブーがいたことだった。悦子とは保育園から同じで、いわば天敵だった。子供の頃はむっちり太った肥満児で、ガキ大将の上級生とつるんで幅をきかせていた。どういうわけか同じクラスになったことはないが、小学五年生のときに、つかみあいの大喧嘩をしてから口もきかない。小学生までは悦子の方が背も高く、そのときは関野ブーが半ベソをかいたが、中学生になると彼の身体が成長し、悦子にも思春期というものがやってきて、男子と喧嘩することもなくなった。関野ブーはサッカーをやっていたので、てっきり私立高で汗臭い毎日を送るのだろうと思っていた。人を見かけで判断してはいけないのだ。関野ブーの髪は昔から赤毛でくせっ毛だったのだが、知らないとパーマをかけて染めたヤンキーに見える。この集団にいても見た目だけで関野ブーは浮いていて本人も居心地悪そうに見えた。入試のときは気がつかなかった。一年先に卒業した中学浪人も何人かいた。悦子には誰も彼も偉く見えて気持ちが縮んでしまった。自分なんてかろうじてこの高校に受かったに違いないんだと悦子は信じた。

教科書を開いてみようと思いながら、まだ大丈夫と、洗濯屋と花屋の店番をおもしろがって手伝っていたら、あっという間に入学式の前日になっていた。思い切った悪いこともできないし、勉強にも集中できない中途半端な自分が情けなかった。

＊

悦子の通う愛媛県立松山東高校は松山市内の東部にあった。郊外電車で松山市駅まで出て、路面電車に乗り換えて城の下を走り、大街道《おおかいどう》という繁華街を過ぎた勝山町《かつやまちょう》で降りる。距離にするとそう遠くもないが、電車はゆっくりと走るので時間がかかる。電停からさらに七分ほど歩くと、校庭の柳の大木が見え始める。電車は混んで窒息しそうだった。明日から自転車通学にしようと悦子は心に決めた。入学式が終わって教室に入ったら関野ブーと目が合った。これはマズイと言わんばかりだった。

関野ブーの過去を悦子は知っているようで知らない。保育園の昼寝の時間に寝小便をしたこと、肥満児だったこと、中学時代に赤毛のせいで体育の教師に不良扱いされたこと、誰かを妊娠させたという噂が広がったこと、まあ、そんな程度しか覚えていない。覚えていたってそんなことをぺらぺら喋るようなセコい真似は死んでもしたくない。しかし、関野ブーはどうだろう。逆に悦子の小さな恥を暴露する可能性はある。悦子は武勇伝にはこと欠かない。保育園のジャングルジムから落ちて、ちょうど下に置いてあった半鐘台《はんしょうだい》に運悪く頭をぶつけて十針縫ったことがある。てっぺんでジャングルジムを占領している男の子に、その専横な振る舞いをやめさせようとしてつきとばされたのだ。保育園は地域の公民館を使って子供を預かっていたので、半鐘台などというものがあった。新しいのにつけかえ、古いのを横にしてジャングルジムの下に置いてあった。誰に落とされたか悦子は覚えていない。まだある。絶対飛べないだろうと言われて橋の上から川に飛び込んで溺《おぼ》れかけたこともある。いじめにあっている転校生や弱い子を庇《かば》うのもいつだって悦子の役目だった。頼まれもしないのに、正義感をふりかざし、「リボンの騎士」を気どっていたが、同級生にはただのでしゃばりにすぎなかったろう。正義の味方にかこつけて、あり余るエネルギーを発散させていた。時がたち今はしおらしい女の子になったのに、そんなことを暴露されてはたまったもんじゃない。

一年生の教室は古めかしい木造の校舎で、廊下を歩くと床がきしんだ。教室の天井にはいびつな形をしたシミがついている。悦子は小学校の教室を思い出して懐かしい気分になった。これが鉄筋コンクリートの近代的なビルだったら、もっと緊張していただろう。木のぬくもりが心をほぐしてくれた。ホームルームで自己紹介しただけでその日は終わった。入学式に出席し先に帰宅していた母は、関野ブーの母親と一緒に参観日に行けるからよかったと無邪気に喜んでいた。子の心、母知らずだ。

　重いカバンを荷台につないで、翌朝は自転車で出発した。今日から授業だ。松山城の周りにさしかかると、堀端の桜が合図したように一斉に開いていた。松山には春の季節がよく似合う。時間の流れまでゆるやかになって、のんびりと穏やかな土地の空気に春はぴったりくる。遠まわりして花見しながら自転車をこいでいたら、学校に着いたときには全校放送で始業式を知らせていた。講堂へはみんなバラバラに集まるらしい。焦って中に入ると自然に列ができていた。校長が壇上にあがると上級生から冷やかすような拍手が起こった。

「春休み、嬉しいニュースがいくつかありました。ひとつは皆さんの先輩の受験の結果がよかったこと。もうひとつは野球部の諸君の健闘です。これで甲子園が近くなりました」

　上級生から笑い声が起こり、波になって広がった。

「本校は今年で創立九十九周年、来年はいよいよ百周年です。江戸時代、藩校として生まれたときから、自主自由、文武両道がこの学校の気風でした。今は自律、協同、感動、この三つが私たちのテーマになっていますが、今年は特に感動を大切にしたいと思います。感動のないところに真の教育はありません。感激のないところに真の友情は育ちません。この学校を舞台に、たくさんの違った感動のある生活が繰り広げられるよう願っています。それでは生徒会長の中島くんに一年のスタートを切ってもらいましょう」

うっすらと口髭《ひげ》のある生徒会長が登壇し仁王立ちになって「ひがしこー、がんばっていきまっしょい！」と叫ぶ。「ショイ！」と上級生たちが全員で叫び返す。その迫力に悦子はびっくりして、前を向いたり後ろを振り返ったりしていた。

「もひとーつ、がんばっていきまっしょい！」

「ショイ！」

拍手の中で生徒会長は校長と握手して、後ろに控えていたブラスバンド部が演奏を始め、校歌の大合唱になった。悦子はこの高校は単なる受験の準備高校ではないかもしれないと感じ始めていた。上級生を見ているとのびのびしていて羨ましかった。二、三年生はこのあと試験があるというのに、なんという余裕だ。

最初の授業は数学だった。ふと横の席を見ると、隣の女生徒はノートにびっしり問題を解いてある。確かに「春休みにやっておくこと」の中に数学もあったが、単純に教科書だけ読めばいいのだろうと悦子は思っていた。隣だけでなく、前も後ろもみんなやっている。数学の教師は刑事コロンボに似たモシャモシャ頭のおじさんだった。コロンボは礼をするなり、ワラ半紙を配り始めた。テストだった。「四十分でやってみい」とだけ言うとコロンボは椅子に座って目を閉じた。問題を見たとたん、この四十分、どうやって暇をつぶそうか、と悦子は思った。教科書を完璧に理解してないと解けない。鉛筆が机に当たる音だけが耳につく。仕方がないから悦子は答案の真ん中に雪ダルマの絵を描いた。少女漫画のように目にはたっぷり星や月を入れておいた。描いてしまうと、もうすることがなかった。ぼんやりしていると席の隣にコロンボが立っていた。

「立て」

鉛筆の音が一瞬止まった。クラス全員の耳だけが悦子に向いている。

「これは、何ぞ」

「雪ダルマです」

「どういう意味ぞ」

「……手も足も出ない」

はじけたように、悦子以外の一年六組が笑った。

「クソ馬鹿が!」

冬の墓場のように、教室の空気が凍りついた。コロンボの声は小柄な身体に似合わずドスのきいたヤクザな声だった。殴られるかと思って悦子は身を縮めた。

「受験をナメるなよ」

コロンボは悦子の耳元でいまいましそうに唸《うな》った。安物のタバコの匂いが鼻先をかすめた。

終わりのベルが鳴るまで悦子はじっと立っていた。やってなかったんだから怒鳴られても仕方ない。授業が終わるとコロンボは悦子を廊下に呼んで、明日の朝までに仕上げるように言い渡した。授業開始と同時に悦子はすっかり落ちこぼれの劣等生になってしまった。二時間目は地学で、教室を移動するとき、関野ブーはすれ違いざま、「ネエさん、相変わらず、ハードボイルドな人生送っとるな」とつぶやいてニヤリと笑った。大きなお世話だ。

昼休みに弁当を食べていると、突然上級生が教室になだれ込んできた。クラブの勧誘だった。最初はハンドボール部、次はボート部だった。この学校にボート部があるのだ。

「練習は港山の美しい海岸でやってます。アンティークな洋館がクラブハウスで、夏には合宿もあります。試験の前には僕たちやさしい先輩が手取り足取り勉強も教えます」

そんな洒落た建物があの海岸にあったかな、と悦子は一所懸命に思い出してみた。梅津寺の海の家と掘建て小屋しか見あたらなかったが、見逃していたのかもしれない。中学のとき悦子は帰宅部で、保健体育の成績はほとんど十段階評価の五とか四だった。そのときは自分が運動が苦手なことも体力がないことも、頭からすっとんでいた。とっさに廊下に走り出ていた。

「すいません、ボート部に入りたいんですけど」

さっき口上を言った先輩に駆け寄ると、その人はたじろいで表情を曇らせた。

「女子の部はないんよ」

それが答えだった。悦子はがっかりして、あわただしく次の教室へ向かう先輩の後ろ姿を見送った。

夜、数学のテストと格闘していると、姉から電話があった。雪ダルマのいきさつを話すと姉はけらけら笑った。むかっ腹が立った。

「あの先生、ちゃんとやることやっとったら怖い人じゃないよ。最初の授業はそういうことするんよ。ほやけど、まさか自分の妹がイケニエになるとはねェ。話は変わるけど、あんた、クラブ決めた？」

姉はバドミントン部に入ったら、と勧め始めた。主将の名前を強引にメモにとらされた。勝手な性格は一生直らないに違いない。次の日の昼休み、色の白い小柄なバドミントン部のキャプテンが悦子を訪ねてきて、なりゆきで練習に参加することになった。姉のだんどりのよさにも驚いたが、優柔不断で嫌と言えない自分も情けなかった。

放課後、部室に行ってみると、待たなければ着替えができないほど部員がいる。軽くランニングしたあと、まず先輩の試合を見た。風が影響しないように体育館の窓を閉め切っているので、試合している先輩は汗だくだ。夏になったらサウナのように暑く、滝のように汗が出るという。悦子はバドミントンというと子供の遊びを想像していたが、そんな甘いものではなかった。シャトルは目で追えないくらいのスピードでコートを往復する。一試合終わると二年生の先輩と体力づくりのトレーニングをすることになった。四階建ての新館の階段を十回昇って降りる。もちろん駆け足だ。途中から悦子はよたよたと歩いていた。クラブ活動でも落ちこぼれかとやたらと惨めな気分になってくる。

家に着くとくたくただった。数学のテストはなんとか提出したが、新たな課題が十ページも出ていた。英語も単語を山ほどチェックしなければならない。英語と数学は毎日授業があるので、やることはしこたまある。鉛筆を握ると手が震えて思うように字が書けない。姉はこんな毎日をさりげなくやってのけていたのだ。はじけそうなゴムのように能力を伸ばしてこの高校に合格した悦子と違って、姉は中学はテニス、高校はバドミントンをしながら大学にも合格した。体力も頭脳も自分よりデキが上等に思えた。

いつのまにか悦子は机につっぷして眠りこけていた。早起きのばあちゃんが階段を上がってきて目が覚めた。時計は五時をさしていた。課題はまだ半分もできてない。焦った。ノートにはよだれでシミができている。

「あれ、どしたんぞや。こんな格好で寝て」

「宿題しよったら寝こんでしもた」

「そりゃ大ごとじゃが」

「ばあちゃん、姉ちゃんはすごいねえ」

ばあちゃんは「どっこいしょ」とベッドの端に座った。誕生日を迎えるごとにだんだん小さくなっていく。

「牛は牛なり、馬は馬なり。牛も馬も立派に人の役に立つ。比べることないがね」

ばあちゃんは憐れみのまなざしで悦子を見ていた。

一週間たつとバドミントン部の新入部員は二十人に増えていた。部員をふるいにかけるのだろう、日増しに練習メニューも増えていく。ついていけない。筋肉痛の足で自転車をこぎながら、悦子はますますどんよりと曇ってくる高校生活を何とかしたいと思った。広々とした青い海、滑る舟。悦子の頭からボートの光景が離れなかった。でも女子部はない。

「そうか、ないなら作ればええんか」

五右衛門風呂の中で悦子はふいに思いついた。なんだかわくわくした。朝がくるのが待ちどおしい。こんな気分は久しぶりのことだった。

やっぱりボートをやりたい。

次の日の放課後、悦子は走っていた。バドミントン部のキャプテンと顧問の先生を訪ねて退部届を渡し、悦子は体育の教官室めざして、また駆け出した。

＊

生物の授業が終わり、悦子は、上履きを引きずって廊下を歩いていた。生物の先生は教科書を無視して、自分が書いた『コクマルガラスの生態』という本を生徒に買わせ、カラスの話ばかりしている。でも試験は生物担当の先生が全員で問題を作る。もちろん範囲は教科書に従う。だから生徒は独学せざるを得ない。次の授業はコロンボの数学だ。雪ダルマ事件以来、サインもコサインもタンジェントも恐怖の象徴になってしまった。それにしても一年六組担当の先生はどの教科もアクが強い。長浜という海辺の町から出てきて下宿しながら通っている女生徒が話しかけてきた。ほっぺがいつも真っ赤だ。小柄なので制服の中で身体が泳いでいる。

「最初の授業、シノムラさん、偉かったたね。感動したよ。ワタシ、できんかったけど、解くふりしよったんよ」

妙なことに感動されてしまったものだ。話のついでにボートをやらないか、と誘うと「母ちゃんが運動部はいけん、言うけん」とあっさり断わられてしまった。毎日のように何人か誘ってみるが、誰ものってきてくれない。悦子はなんだか絶望的な気分になっていた。だからといって練習しないと幽霊部員になってしまう。

「とりあえずワシらと一緒に練習するか」

男子部のキャプテン、安田さんに相談して、とりあえず、港山へ通うことになった。授業が終わるとすぐに自転車で飛び出す。着いたらまだ誰もいない。汗だくだった。教えてもらった場所に白亜の洋館はない。海岸まで出て振り向くとあの掘建て小屋の開き戸に校章が描かれていた。これが艇庫というクラブハウスなのだ。

「あれ、シノムラさん、自転車で来たん？」

安田さんは交通費の補助が出るので、都合のいい駅まで自転車で行って電車で来た方が楽だと言った。細い路地に面して小さな入り口があって、番号式の鍵を開けて中に入ると急な階段がある。薄暗い一階には大小さまざまなボートとオールが並んでいた。二階は狭い台所、四畳半の物置部屋、板間の更衣室、八畳の畳敷きの大広間があった。海岸に面した奥の板間にはバーベルと、棒と棒が糸で結ばれているヌンチャクのような棒引きという練習器具がころがっている。歩くだけで白い靴下の裏は真っ黒になった。

「一応、ここが更衣室なんじゃけど」

男子の部室に入ろうとした安田さんは入り口でくるっときびすを返した。

「そうか、女子の更衣室がいるなあ」

ドアがないので安田さんは身体で部屋の内部を隠し、鼻の頭を搔《か》いた。安田さんの肩ごしに中が見えた。散らばったユニフォームの上で全裸の金髪女性が微笑んでいた。

「ハイハイハイ、便所はここ」

安田さんは悦子の後ろにまわり肩を押して、あくまでも散らかった内部を見せようとしない。トイレは男子の部室の隅にある。戸を開けると強烈な異臭がした。鼻にくるというより目にくるすさまじさである。こんなひどいトイレは悦子は初めてだった。これに比べると駅の公衆便所は王様のトイレだ。当然、掃除なんぞ何年もしていないに違いない。汲み取り式のぼっとんトイレで蛆《うじ》虫がうごめいている。「汚すな！」と乱暴な字で書かれた貼り紙は黄ばみ、埃《ほこり》を被ったちり紙が乱雑に置かれ、死んでいるのか生きているのか、その上に蠅が身じろぎもせずじっと止まっていた。

畳敷きの八畳の間は砂でザラザラしていた。窓には色あせた団旗が押しピンでとめられ、戸のない押し入れには黴《かび》のはえた布団が詰め込まれている。中央にデンと座って存在感を主張している木のテーブルには錆びたパイナップルの缶が置かれ、タバコの吸い殻が溢れていた。安田さんは慌ててそれを台所に持っていった。悦子がテーブルの端の雑巾らしきものをつまんで持っていくと、安田さんはそれをパッとつかんだ。とりあえず玄関横の四畳半で着替えをした。暗いので電気をつけると天井や電灯の周りに巨大なクモの巣が張っていた。

急な階段を裸足で降りると、男子部のメンバーが集まっていた。安田さんはさっきの雑巾をはいている。練習用のトランクスだったのだ。先輩たちは、即、漁師になれるほど赤銅色《しゃくどういろ》に日焼けして歯と目だけが白い。コックス以外はがっしりとしたおっさんばかりである。色白で幼な顔の数人が悦子と同じ新人らしい。はにかみながら挨拶しているともうひとり駆け込んできた。背の高い赤毛の男だ。

「関野ブー!」

「ヤバネエ!」

思わず小学校時代のあだ名で呼び合った。なんだってこんな所にいるんだ。ヤバイは伊予弁で気が強く強情なこと。ヤバネエはヤバイ姉ちゃんの略だ。

「今日から女子が一緒に練習するけんな」

安田さんに紹介されて、ああどうも、よろしくと、ぎこちなく挨拶をした。面と向かうと関野ブーはもうブーではなく、立派な青年に変わっていた。

砂浜を端から端まで裸足でランニングした。砂は柔らかく足がくるぶしまでめり込む。囚人になった気分だ。戻ってくるとボートは外に運び出され艇庫の壁にオールが八本、赤いブレードを上にして立てかけられていた。ボート部オリジナルの体操をして先輩たちは出艇していった。安田さんと二年生の先輩、関野ブーと悦子は陸に残った。

始める前に安田さんからボートについての説明を聞いた。

「ボートは奴隷のスポーツです」

安田さんは言った。

艇は梃子《てこ》の原理で動く。オールを水に入れ、その根元が軸になって、よっこらしょと前に進む。安田さんは砂の上に絵を描いた。漕ぐのは四人で、進行方向に向かって前からバウ、二番、三番、整調と座る。ボートから左右二本ずつオールが出され、整調と二番はストローク・サイド、三番とバウはバウ・サイドと呼ぶ。漕手と向かい合わせに座り、舵《ラダー》を引いて艇の進行方向を操作するのがコックスだ。

「まあ言《ゆ》うたらコックスが競馬の騎手で漕ぎ屋は馬みたいなもんよ。わかる？」

安田さんは言った。

漕手は、シートを前までスライドさせて足を蹴り、オールを胸まで引く。少しでも風の抵抗を少なくするためにオールを返しながら、足を縮めて最初に戻る。ただひたすらこの動作を繰り返す。

高校生の競技ボートは重い木製のナックルと軽量なシェルの二種類がある。ナックルは舵手付き四人のナックル・フォアだけで、松山東高はこのチームのみである。隣に艇庫がある私立の男子校、新田は部員が豊富でナックルだけでなく、舵手付き四人漕ぎのシェル、舵手なし一人漕ぎのシングル・スカル、舵手なし二人漕ぎのダブル・スカルのクルーもあった。ナックル、シェルはオール一本、スカルは二本で漕ぐ。

「ほな、バック台やろか」

バック台はボートのスライド式シートの部分だけ箱詰めにした練習用の装置である。二年生の見よう見まねでフォームを習った。

いよいよ出艇することになった。初日から漕げるとは思っていなかったので悦子の胸の鼓動は速くなった。悦子も入れて六人で艇を海岸まで運んだが、それでも重い。海岸まで運ぶと漕ぎ屋はオールを取りに戻る。岸側で安田さんが艇の先を持っておさえ、コックスの二年生が先に艇に乗り込みフックを海底について艇が流れるのを防ぐ。悦子はバウに座らされた。あとは全員男子だ。コックスや整調になると不安定な艇を歩いて先頭まで行かねばならない。二年生はオールを持って長い艇をひょいひょいと移動する。悦子には神業《かみわざ》に思えた。座るとオールをクラッチという丸い金具に入れ、足を革のストラップで固定する。

「オールメン、バック」

オールを逆向きにして小さく水面をかいていると陸が遠くになった。乗ってみるとボートは横幅が狭くひっきりなしに左右に揺れた。ときおり水中翼船やフェリーが港に入ると波が来て、艇は笹舟のように頼りなく上下左右にゆらいだ。キャッチ、ロー、キャッチ、ロー、とコックスの掛け声に合わせて十本ずつ漕いだ。悦子は最初、腕と足の動きがばらばらでどうしていいのかわからなかった。とうていかっこよくオールを返す技などできない。

「ほな、いってみよか」

今度は全員で漕いだ。オールの向こうの海が夕日に照り映えて眩《まぶ》しかった。

「オールメン用意して。用意、ロー」

オールを海に入れ足を蹴る。オールを引く。ゆっくりとシートをスライドさせ、また、足を蹴る。オールはなかなか海から抜けない。二、三回漕ぐとオールが前に流れて引けなくなってしまった。腹切りと言うらしい。それからもシートをとばしたり、悦子は失敗ばかりだった。海は頑固な老人のようにかたくなだ。陸から見ると凪《な》いでいるのに海の高さで感じると水面は常に波立っていた。ときどき小さい波が当たって飛沫で顔が濡れた。陸にあがると地面が動いているようだった。まだ波の上にいる感覚が残っていた。

*

悦子は連休も休まないで練習に通った。漕がせてくれる日もあったし、コックスの後ろに座る日もあったけど嫌にはならなかった。海を見ているだけでよかった。海の気配を感じると気持ちが穏やかになるのだった。ひとりで留守番するときは、海岸に面した窓を開け放して、せっせと掃除した。気を失いそうなほど汚れていた台所もトイレもなんとか使う気になれた。男子の更衣室だけは触らなかった。男子部員たちは「おー、床板に砂がない」とか「今日から冷蔵庫が使える」とか、悦子の想像以上に喜んだ。このままマネージャーでいるのもいいかな、と悦子はふと弱気になった。安田さんはボートレースまで待って部員が集まらなければ、シングル・スカルをやったらどうかと勧めた。ただ、長いこと使っていないのでスカルが使えるかどうかは海に浮かべてみないとわからない。なんだか中途半端で、悦子自身が波に浮かぶバランスの悪いシングル・スカルの気分だった。

男子のクルーは根性とか努力とは縁がなさそうだった。だらだらと集合してなんとなく練習が始まる。艇の上でも練習が終わったらパチンコでひと稼ぎしようとか、そんな相談ばかりしていた。

＊

五月十六日は松山東高校の創立記念日でグループ結団式とリレーカーニバルが行われた。いつ誰が思いついたのか、この学校には独特のならわしがあった。学年別やクラス別の対抗戦はない。一年生から三年生まで、青柳、紅樹、紫雲、黒潮の四つのグループに生徒の話し合いで分け、リレーカーニバル、ボートレース、運動会、学期に一度のグループマッチ、予餞会《よせん》まで、全ての行事はこのグループ単位で競われた。一年六組は紅樹だった。クラスごとに固まらなくてもよかったので、悦子はグラウンドに適当に腰かけてぼんやりしていた。授業の進むスピードは速く、悦子の劣等感は慢性化していた。気後れがしてすっかり口数が減った。クラスにも溶け込めない。顔をあげると空は絵の具にはない薄水色で、それがなんだか悲しかった。

「あれぇ、シノムラさん」

悦子はしばらくそれが誰なのかわからなかった。隣に座っていたのは小、中学校のとき一緒だった中崎敦子《なかざきあつこ》だった。ショートカットしか許されなかった中学時代とは変わって、すっかり髪が長くなっていた。

「あれ、選手じゃないん？」

「まさかあ。とんでもない」

「でもシノムラさん、小学生のとき、足、速かったよね」

「あの頃は、カラダ、デカかったけん」

「そういえば、転校したての頃、よくいじめられて、庇ってもろた」

「えー、ほうやったっけ」

敦子は広島からの転校生だった。いじめの理由は敦子が小さくて可愛かったからだ。あの男子たちは敦子のファンだった。いじめながら好きだと表現していたのだ。敦子にとっては嫌がらせ以外のなにものでもない。

「クラブ、何にした？」

「一応、ボート部」

「ふーん、ボートかあ。ええねえ。ワタシ、家庭科クラブ。芸がないでしょ」

悦子は恐る恐る言ってみた。

「ねえ、今度の土曜日、ボートの練習、見に来ん？」

「うん、ええよ」

あっさりと敦子が承諾してくれたので、悦子は背中に羽がはえて舞い上がりそうになった。

土曜日、敦子を連れて階段を昇ると、ドゥービー・ブラザーズが流れていた。台所からカタカナの英語が聞こえた。安田さんが腰をふりながら洗濯していた。座敷では先輩たちがだらしなく寝っころがっている。漁師の青年団の寄り合い所みたいだ。悦子は敦子が仰天して悲鳴をあげるんじゃないかと心配したが「うち、兄ちゃんおるけん」と全く動じなかった。敦子を紹介すると先輩たちはびっくり箱の人形みたいに飛び上がった。艇庫の外で敦子と並んで弁当を食べていると、安田さんはジュースを買ってきた。悦子一人のときとはずいぶんもてなしに差がある。練習中も先輩たちは、あからさまに親切な気がした。帰りに悦子は先輩に呼び止められて「あの娘《こ》、絶対入れよや、な」と拝まれた。港山で電車を待ちながら、どう切り出そうかと悩んでいたら、悦子が聞くより先に敦子は「ああ、おもしろかった」と言った。「えっ、ホント？」と答えながら、やった、と心の中で叫んでいた。

「ボート部、入らん？」

「えー、それは無理よ。ほら」

敦子の手にはもう豆ができていた。他人に期待なんかするもんじゃない。悦子はがっかりした。目の前にトンネルが続いていた。

*

五月の中間考査が終わると、三年生の雰囲気が変わった。雨が降ろうが少々シケていようが出艇した。六月の高校総体が最後の試合になるからだ。安田さんに言われて、砂袋の代わりにBクルーのバウの後ろに座った。艇に乗る前にカウンターを渡されていた。何に使うのか、悦子はまだ知らなかった。三本ほど一キロのコースを引いた。

「それじゃ、ぼちぼち、千本漕ぎいきます」

コックスは練習メニューを書いたメモを見ながら淡々と言った。「オーリャ」とクルーから返事が返る。

「シノムラ、数、数えて。ミドルとラスト百でコール入れてや」

本当に千本も漕ぐのだろうか。悦子は信じられなかった。クルーは黙々と漕いだ。古代エジプトの奴隷のように、ただひたすら漕いでいた。

「さあ、声、出していこう。力、抜くなよ！」

「よし来い！」

カウント・ミスなんかしたら、あとで袋叩きにあいそうだった。バウのもりあがった筋肉の上を汗が伝っていった。今日は波がやや荒い。ピッチを速くしたり、遅くしたりしながら、力を入れるパドルと軽いライトを混ぜながら艇は築港《ちっこう》を滑っていく。こんなに遠くまで来たのは悦子は初めてだ。

「ごひゃーく。オールメン、ファイト!」

悦子も思わず太い声が出ていた。バウの背中は汗の塩がふいて白い。ピッチについていけなくなってオールが乱れている。

「バウ、ついてこい!」

整調があえぎながら叫ぶ。漕ぎ屋はコックスのキャッチ、ローに合わせて、せっ、せっ、と声を出してタイミングを合わせる。

「ラスト二百!」

「パドルでいこう」

「打倒、新田!」

いつもへらへらしている雨谷《あまがい》さんが叫んだ。

「オーリャ!」

よく練習をサボる窪田さんの声だ。

ラスト二十でスパートをかけた。クルーはもう死にもの狂いだ。

イージー・オールのコールでクルーは機械のように止まった。波が艇に当たる音と激しい息づかいだけが聞こえた。悦子は自分はボートについて、まだ何もわかっていないのだと思い知った。

総体が終わると三年生のおっさんクルーは引退して艇庫は急にがらんとした。準決勝で敗れ、決勝には進めなかった。隣の新田高校が優勝した。陸では単なるがさつなあんちゃんだったけど、オールを持つとたくましい海の男だった。中島や興居島まで遠漕していたのも知っている。あの練習でもまだ足りないのだろうか。総体のあとの日曜日、艇庫に行くと先輩たちが眠っていた。三年生だけで残念会をしたらしい。

「ひとりでも、やめるなよ」と安田さんに肩を叩かれ、悦子は急に切なくなった。

＊

高校総体と期末考査では奇跡は起こらなかったけれど、部員集めは予想外のうれしい展開となった。七月半ばに堀江海岸であったボートレースに参加した何人かが「やってもええよ」と言ってくれたのだ。といっても、三人がやっとで、コックスは新人戦までの約束で中崎敦子に頼み込んだ。引退した安田さんがしばらく面倒を見てくれることになった。

終業式のあと、初めて五人が顔を揃えた。高校総体予選のレース場で見かけた東予の高校の女子クルーとはずいぶん感じが違う。県代表のクルーは、もともとガッシリとした体格の上に、日々激しい筋力トレーニングを積んでいて、いかにもアスリートというスタイルでカッコいい。コックスまで筋肉質で女子プロレスの選手みたいだった。かたや悦子たちはひょろりとして、まるでデキの悪いモヤシだ。とうてい運動部の選手には見えない。自信を持てるのは漕ぎ屋の四人が全員身長百六十センチ以上あるということくらいだ。とりあえずポジションを決めた。整調は慣れている悦子。三番は美術部だった菊池多恵子《きくちたえこ》。二番は元音楽部の矢野利絵《やのりえ》。バウは茶道部をやめた中浦真由美《なかうらまゆみ》。紅樹の一年生クルーに参加した三人だ。困ったことに誰も運動部の経験がなかった。

ある日忽然《こつぜん》と現われた女子クルーに一番慌てたのは、隣の新田高校の選手たちだった。悦子たちが港山の駅から歩いていく間、練習に向かう生徒と擦れ違うたび、怪訝《けげん》そうに振り向かれた。

「げー、ここで着替えるん?」と、初めて入った部室のあまりの古さに、敦子以外のみんなが驚いた。「まめに掃除すりゃええか」と敦子は笑っている。身支度を終えてさあ出ようと思うと、真由美は顔に日焼け止めのファンデーションをこってり塗っている。すでに鼻の皮がむけてしまった悦子は、そうか、この手があるか、と思った。日焼け止めオイルだけでは効果が薄いのだ。薄暗い部屋に浮かぶ能面のように白い真由美の顔はちょっと迫力があった。

「それじゃ、まず、ランニングしといでや」と安田さんに命じられて、裸足で砂浜に飛び出したら、火傷《やけど》しそうに砂が焼けていて五人は飛び上がった。ねぶた祭りのハネトのように跳ねながら、波打ち際まで走って、梅津寺方向へスタートする。太陽はほとんど頭の真上にあって、日差しが肌に痛い。

いよいよ出艇だ。安田さんも入れて六人で艇に手をかける。「せーの」と力むがどうしても艇が持ち上がらない。「おーい、一年生!」と安田さんは声をかけ、二階でウエイト・トレーニングをしていた新人二名はいやおうなしに助っ人にされてしまう。助っ人がいても艇は信じられないくらい重い。「ね、ねえ、君ら、ホントに持っとる?」と関野ブーは汗だくで言う。よたよたと迷走しながら、どうにかこうにか波打ち際まで来る。「まだ離したらいかん!」と怒鳴られ、そのままずぶずぶと水に入る。膝の深さまで持ってきたら腰をかがめて手を離し、素早く離れなければならない。逃げ遅れた多恵子は尻がずぶ濡れだ。オールを取りに行って戻ってくると、中崎敦子はまだ艇の半ばにいて、おっかなびっくりコックス席に向かっている。ひと足進むごとに艇は揺れるから、そのたびに動きが止まる。他のメンバーも似たりよったりでシートに座るまでに時間がかかる。潮の流れで岸に押し流されるのを安田さんがフックをつき必死の形相で止めていた。まごまごしていたら、フェリーの大波が来て、艇の底は水びたしになってしまった。「こんなに水が入ったら、上陸するとき、とうてい艇庫までかつげん」と、安田さんは少しイラついている。なんとか全員乗艇しバック漕ぎで沖へ出た。積み込んだ雑巾やスポンジでまず艇の水を出した。

梅津寺海岸は海開きも終わって、海水浴場の目印のブイが浮かんでいた。

「整調、オール、オール引っ込めてや！」

海坊主かと思ったら、ハゲ頭のおじさんが浮かんでいた。悦子はあわててオールをお腹に引き寄せた。はるばる泳いできたおじさんはブイにつかまり、めずらしいものでも見るように悦子をじろじろ眺めている。「すいません」と笑いかけつつ、ブレードで頭をぴしゃりとはたいてやりたくなる。

それが練習と呼べるかどうか、初めての出艇は目もあてられなかった。みんなで順番にシートをとばしたりオールを流したりしていた。荒れているというほどでもないが、海には大きなうねりがあった。三十分ほどたったとき、安田さんが急に「三番、どしたんぞ」と叫んだ。びっくりして悦子が振り向くと菊池多恵子は青い顔をして口を押さえている。船酔いしたらしい。艇のへりから多恵子は吐いた。吐瀉物《としゃぶつ》が魚のエサのように海面をふわふわ漂った。

「だいじょうぶか、漕げるか？」

「動いとった方がええみたいです」

多恵子は込み上げるものをのみこみながら言った。練習はそこまでにして岸に戻ることになる。海岸からそう離れていなかったので、ゆっくりとしたペースでもすぐにたどりつく。

「ほしたら、コックス、ラダー、取ってきて」

艇の舵、ラダーは上陸前に取りはずす。中崎敦子は後部キャンバスに立って、安田さんに見守られながら、そろそろと歩いた。同時に漕ぎ屋は艇を降りていく。悦子がオールを持って二番のシートまでたどりつくと、後ろで「あっ！」という叫び声がした。敦子はバランスを崩して海に落ちていた。

艇庫までオールを置きに行った漕ぎ屋がようやく戻ってきて、艇を上げようとするが、重くて持ち上がらない。男子クルーははるか沖に出て今度は助っ人がいない。四苦八苦していると、ちょうど出艇しようとしていた隣の新田高校の部員が見かねて助けてくれた。

「疲れた。自分が漕ぐより疲れたがァ」

安田さんはぐったりしながら、オールのグリスをピボットから拭きとる手順を敦子に教えた。びしょぬれになった敦子の白い体操着はブラジャーがくっきり透けて見えた。

四人の漕ぎ屋の手にはさっそく豆ができ、ストラップが当たる足の甲はこすれて赤くなり、皮がむけそうになっていた。

「ねー、この足じゃ、明日は漕げんよ」

「登山用の毛糸の靴下はいたら？」

「そんなんやったら、ワタシ編んだげる」

敦子が靴下を編みあげるまで、靴下二枚重ねでしのぐことになる。

問題はコーチだった。二年生の男子は練習があるので女子までかまっていられない。

安田さんも毎日は来られない。夏休みは受験勉強の天王山だし、それよりなにより安田さんは黒潮グループの幹部だから、運動会の準備と資金稼ぎのアルバイトで忙しい。運動会は松山東高校のメイン行事である。どんなに派手なのか悦子はまだ知らなかったが、学校からおりる費用だけでは足りず、幹部は学校に内緒でアルバイトしていた。

「まあ、なんとかならい」と安田さんは気楽に言う。練習メニューを作ってもらい、自分たちだけで練習することになった。

メンバー五人は最初は遠慮してサン付けだったけど、二週間もするとあだ名で呼び合っていた。コックスの中崎敦子はヒメ、顔がどことなく愛媛の特産、姫ダルマのぽってりした顔に似ているからだ。三番の菊池多恵子はダッコ。メンバーの中でもいちばん日に焼けて子供の頃大流行したダッコちゃん人形そっくりになっていた。二番の矢野利絵はリー。棒引きでブルース・リーの真似をするのが上手なのだ。バウの中浦真由美はイモッチ。なんとなく定着して、理由は誰もわからなくなっていた。悦子はヤバネエだけは阻止し、悦ネエになった。

＊

夏休みに入っても授業がなくなるわけではなかった。七月中と八月後半は全員必修の補習がある。数学と英語が中心で、特に数学は二年生の二学期までに数Ⅰも数Ⅱも終わらせ、三学期は数Ⅲを教えるので、めくるめく速さで進んでいく。おまけに気が遠くなりそうなほど、どっさり課題が出た。いったい誰が全てやるんだと優等生でもぼやく量だった。はなからやる気のない悦子はのんきなものだった。教室にはクーラーなどあるはずがない。窓を開け放していても首筋から汗が流れる。サウナで教育テレビを見ているようなものだ。生徒は扇子《せんす》を持ち込みバタバタと顔を煽《あお》ぐが焼け石に水である。中には石鎚山《いしづちさん》土産の天狗の墨絵が描いてある特大の団扇《うちわ》を持参した剛の者もいる。休み時間はともかく、授業中にまさかそんなことはできない。暑さのあまり瞼が閉店状態になってしまうので、一重が二重になるほど力を入れて悦子が黒板を睨《にら》みつけていたら、コロンボは「試験が終わったあとで気合入れてもいかんぜ」と言った。悪かったなとお腹の中で言い返した。自分が劣等生なのを自覚したから、悦子はけっこう平気に居直っていた。コロンボはテストを成績順に返すので、できるふりをしたって世間にはバレている。授業に集中して少しでも理解しないと、午後は練習、家に帰ると予習もおぼつかない。コロンボは問題の解答を黒板に書かせる。前は出席番号順に指名されていたので、自分が当たる問題だけやっておけばよかったのだが、近頃はコロンボも気がついて、出席番号のカードを作りシャッフルしてアトランダムに当てる。抜いたカードを見て、コロンボは悦子をじろりと睨んだ。ヤバイ。

「こりゃ無理じゃ、無理な人に当たった」

コロンボは別のカードを引きなおし、悦子は情けなさと安堵《あんど》感が混じった妙な気分だった。制度が変わって、悦子が受験する年から国公立大学の共通一次試験が実施される。文系でも五教科で点を競わなければならないから、悦子は私立文系に決めていた。

それでも海に通っていると夏らしい気分になった。ダッコの船酔いもなくなり、五人とも見事に日焼けして、漁師顔になっていた。ひと皮むけても、またすぐに日焼けする。農家の女性やゴルフのキャディの被る顔をくるむ帽子が農協スーパーにあるので揃えたら、という真剣な意見もあったが、うっとうしいのでボツになった。最後まで長袖でがんばっていたバウのイモッチもとうとう半袖になった。まだ日焼け止めファンデーションは塗っていたが、練習しているうちに汗で流れてけっこう不気味な顔になるので無駄な抵抗はやめた。このままいけば夏休みの最後には梅津寺パークの日焼けコンテストで入賞できそうだった。

悦子たちの練習は緊張感というものがまるでない。まず砂浜のランニングと準備体操、木の棒の両側に紐《ひも》をつけて二人で引き合う棒引きを少々、バック台を三十本やって男子クルーを待つ。手伝ってもらってようやく出艇する。二年生の先輩はそうでもなかったが、当たり前のように手伝ってもらうので関野ブーたち一年生はいつもむっとしていた。海の上でも「ほな、行ってもええ?」「ハーイ」といった具合でしまらない。

補習が終わってからは涼しい早朝に練習時間を持ってきた。ある日、いつものようにメンバーが集まると、男子が来なかった。

「どうする? 今日は練習やめる?」

ダッコはせっかちでいつも早く帰りたがる。

「えー、せっかく来たのに。でも私らだけじゃ、こんな重いもん、運べんしねェ」

イモッチはハロー・キティのタオルを首に巻きながら言った。

「しょうがない、新田さんに頼もや」

悦子はちょっと恥ずかしかった。

「誰が頼むん？」

リーは砂の上に足で絵を描いている。

「悦ネエー」

四人は同時に声をあげた。こわごわ頼みに行くと補欠の部員が五人も助っ人に駆けつけた。甘え癖がついてしまうとまた次も頼ってしまう。

ある日、艇の上でコース練習の合間にくつろいでいると、その横を新田高校の精鋭クルーが漕いでいった。「かっこいいー！」とため息がもれた。四人の漕者が一定のペースで動いていた。国体を控えて新田高校は激しい練習を続けていた。新聞に「新田高校、破竹《はちく》の勢い」と書かれたメンバーだ。梅津寺沖の入り江で、破竹クルーのあの人がいい、この人が好き、の大品定め大会になってしまった。

夏休みの練習はこんな調子だった。週に一回は筋力トレーニングと称して練習のあとで水着に着替えて泳いだ。お盆の一週間は練習を休み、そのあとで二泊三日の合宿をした。朝と夕方、二回出艇するのだが、練習はいつも通りで、山ほどある課題の消化合宿といった方が正しかった。自宅から布団を持ち込み、交替で自炊して、夜は銭湯で汗を流し花火をした。ダッコに教えてもらった大貧民というトランプ・ゲームで熱くなったり、修学旅行みたいだった。二学期が始まる一週間前、課題がまだ終わらず「とても間に合わない」ということがわかってまた練習を中断した。休み明けにはテストが待っていた。

＊

九月に入ると学校最大の行事、運動会の準備で、学校中がそわそわし始めた。悦子たちボート部の女子五人はみんな紅樹だったが、あまりの日焼けっぷりのよさを買われて、グラウンド劇場という運動場を舞台にして見せる芝居の出しもの、「ウエスト・サイド・ストーリー」のプエルトリコ人の役に抜擢されてしまった。ダンスや応援の練習で港山に通える日は少なく、そうこうしているうちに、まだ先だと思っていた新人戦がやってきた。

愛媛県で女子ボート部があるのは東予の今治《いまばり》北、今治南、南予の宇和島《うわじま》東、長浜、中予の松山東の五校だけだった。試合場が遠いので、金曜日の午後と土曜日、公然と授業をサボれるのが悦子は嬉しかった。マイクロバスで二時間、山道を走ると、ぽつりぽつりと民家が現われ、宿泊所の鹿野川《かのがわ》荘に着いた。悦子も泊まるのは初めてだった。鹿野川荘には温泉がある。ちょっとした旅行気分だ。

与えられた部屋の窓から、コースが見えた。

「こうして見るとコースって長いんやね」

「スタート地点、見に行こや」

軽くランニングしながらダム湖を回った。木々は赤や黄に色づき始めていた。山に沿った道は曲がりくねっていて、スタート地点は遠く、途中で引き返した。指定された時間だけ艇を使うことができ、コース練習が許されていた。いつも練習している海と違い、水はのっぺりとしてオールが重かった。

夕食は男子と一緒だった。揃ったところで箸を取ろうとすると、二年生の先輩は目を閉じて頭を下げている。口をあけてご飯を食べる寸前のダッコを慌てて止めて、悦子は目を閉じた。

「垂示《すいし》っ！」

ざわざわした食堂が一瞬しんとした。「我がこの漕艇は」全員続いて復唱する。「生死脱得《だつとく》の修行なれば」「喪心失命《そうしんしつめい》を避けず」「一漕一漕《いつそう》」「まさに吐血の思いを為して漕破すべし」。松山中学時代にできたボート部員の心構えだった。意味は漢文のようでわからない。ひたすら聞こえるままに声を出す。

朝から霧雨が降っていた。予選の相手は今治南のAクルーと長浜だった。悦子は艇に乗り込む前から心臓の鼓動が速くなっていた。乗艇場まで細く急な下り坂になっていて、昨夜の雨でぬかるんでいる。オールを持って恐る恐る下りていたら、途中でイモッチが転んでしまった。尻は泥だらけだ。助け起こそうとしたダッコも尻をついてしまう。上にいた男子の補欠が二人とんできて、四人のオールを運んでくれた。自分のオールを軽々とかかえて、他の二チームが苦笑しながら悦子たちを追い越していく。そのひとりにじろりと睨まれた。シートに座り、準備をしていてもまだ悦子の心臓は落ち着かなかった。

悦子は「リラックスしていこう」とうわずった声をあげた。スタート地点に向かうとき、バウのイモッチはオールをバックにしたまま漕いでいた。他のメンバーもあがっている。スタート台につけるのもひと苦労だ。スタート地点は風があって、艇を持つ係員の場所からはるか離れた場所に流れてしまう。三回目にやっと悦子たちの艇は係員の手に収まった。松山東は三レーンだ。審判艇の合図でスタートしたとたん、バウ・サイドの力が強くて中央レーンの長浜とオールが接触しそうになる。松山東クルーは遠慮してオールを一瞬止めてしまった。

「お嬢さんクルーに負けるな！」

長浜のコックスが絶叫した。まごまごしているうちに今治南には水をあけられていた。

「ストローク・サイド、ファイト！」

ヒメは叫びながらラダーを引いた。引きすぎて艇速が落ちた。悦子の頭の中は真っ白だった。足を蹴り、オールを引き、シートを滑らせる。苦しい。息が続かない。

「整調、ピッチが速い！」

リーが叫ぶ。しっかりフォワードをとろうとするのに、気が焦ってシートをスライドさせてしまう。ミドルを越えるともう他の艇は見えなかった。パドルもスパートもなかった。ラスト二百のブイを越えたときだ。二番のリーのオールが動かなくなった。

「ごめん、シートとばした」とリーが泣きそうな声をあげた。シートがレールからはずれてしまったのだ。もう漕げない。「バウ、イージー・オール！」とヒメは指示するが、もう遅い。艇は力のバランスを失って蛇行している。悦子とダッコだけのペア漕ぎではますます差は広がるばかりだ。艇は重くなかなか進まない。めちゃくちゃだった。ゴールが遠い。審判艇がすぐ近くでもどかしそうにしている。どうにかゴールしたとき、悦子とダッコはぐったりとしていた。

勝てる気はさらさらなかったが、それが恥ずかしいレースだったことはみんな自覚していた。シートをとばしたリーは言葉もなくしょげていた。上陸すると惨めな気分でいっぱいだった。「ご苦労さんでした」とこれから試合に向かう男子に声をかけられた。練習中に腰を痛めた先輩がコックスに回って、関野ブーはバウで出場する。男子の方はなんとか予選を通過し、準決勝に進むことになった。

敗者復活戦でも悦子たちは大差をつけられて惨敗した。

使い終わったオールを雑巾で拭いて梱包《こんぽう》し、宿舎に戻った。雨に濡れた身体は冷えきっていた。新調したばかりのユニフォームの泥を洗面所で洗った。誰も何も言わない。「ヒメ、ご苦労さんでした」と悦子は頭を下げた。ヒメは新人戦までの約束の助っ人なのだ。連鎖反応で他のメンバーもやめてしまったら、また悦子はひとりぼっちで、部員探しから始めなければならない。また出口のない真っ暗なトンネルへ戻ってしまいそうだった。

「このままでは、やめられんねえ」

きっぱりした口調でヒメはつぶやいた。

「そうよ。私らお嬢さんクルーじゃないよ」

とダッコは涙声になる。

「どこまでできるか、わからんけど、逃げずにがんばろや」

イモッチは勢いよく蛇口の水を出した。みんな淡々と自分のユニフォームを洗った。ありがとう、という言葉が言えなくて、悦子は「うん、うん」とうなずくだけだった。

鹿野川荘の温泉につかっていると、冷えた身体がしだいに体温を取り戻してきた。ガラス窓を水滴が伝わって落ちた。今まで悦子は逃げていた。辛いこと、苦しいこと、傷つきそうなこと、あらゆるものに対して腰がひけていた。子供の頃は何も考えないで信じるままに行動できたのに、いつからか自分の手にあまる壁にぶつかると、壁を越えるのではなく、どこかほかにもっと楽な脇道があるんじゃないかと、いつも探していた。真正面からぶつからないで、斜に構えているポーズをとっていたのは、失敗するのが恥ずかしく、傷つくのが怖かったからだ。だけど間違ったことをしたって、恥をかいたって、自分が壊れてしまうわけじゃない。悦子はいつだって一所懸命な姉を心の隅で軽蔑していた。よくやるよ、馬鹿みたいと思っていた。一心不乱に踊りを踊っている人は滑稽に見える。そのくせ、そんな姉と比べて自分を可哀相だと思っていた。自己憐憫《れんびん》が不必要なコンプレックスを作っていたのだ。甘えていた。勝っても負けてもいいから、限界までボートをやってみたい。悦子は初めてそう思った。なくしかけていたものを取り戻した気がした。

我に返ると湯ぶねに悦子だけ取り残されていた。脱衣場でイモッチはドライヤーでしつこく髪を巻きながら、ダッコがボディスーツの良さを熱弁するのを聞いていた。ヒメはリーの豆の手当をしていた。五人はいつもと変わりなく見えたけど、ちょっとだけ空気が変わっていた。

乾いたジャージに着替えて、ダム湖にかかった橋の上で男子が出艇するのを見送った。せーので「ひがしこー、ファイト!」と叫ぶと、クルーから「オーリャー!」と大声が返って谺《こだま》した。雨は激しさを増していた。オールが滑って漕ぎにくいんじゃないかと悦子は思った。男子クルーは新田と宇和島東という強いチームと対戦し、大きく水をあけられて負けた。強いチームは先輩が引退して次の世代になっても強い。

その日のうちに松山へ戻った。「明日は何時から練習する?」とヒメが聞いた。

＊

冬支度した艇庫の戸を開けると、黴と潮の匂いが漏れてきた。一月二日はボート部の新年会だ。悦子たち現役は十一時に集合して座敷を掃除し、おつまみやジュースを並べた。窓という窓から隙間風が吹き込んで、動いていても寒い。窓の外の海は鈍色《にびいろ》に沈んでいたが、穏やかに凪いでいた。「恒例になっているので、連絡しなくても自然にOBやOGが集まってくる」という先輩の言葉通りに、十二時を過ぎると大学生や社会人の先輩が姿を現わした。隣の新田高校の部長、山川先生も松山東のOBで、大野さんという夫婦と一緒にやってきた。松山中学時代の大先輩で港山に住んでいる寺尾さんとも初めて顔を合わせた。寺尾さんは話し好きで、「こんなおジイの話はつまらんやろうが」と言いつつ、フィックスという大きな六人漕ぎの艇で競技していた当時の思い出を尽きることなく喋った。今年は松山東高創立百周年なので、ボートレースには当時の宿敵、宇和島中学のOBと宇和島東高校の現役を招待して対抗戦をするという。悦子は大野夫人の隣に座っていた。大野夫人が現役だった頃、女子部は強く全国大会に何度も出場していた。十年以上も前のことだ。大野夫人はそのときのコーチと結ばれ子供が二人いる。夫の大野氏もボート部で活躍した選手で、卒業後、女子部をコーチした。どういう練習をしたらボートに必要な体力が作れるのか悦子は聞いてみた。冬は海に出られないから、今はとりあえず空き部屋になっていた校内の部室をもらい、グラウンド周辺の走路を走ったりバック台をしたりしていた。座敷のテーブルを離れて大野夫人を囲む輪ができ、五人はいつの間にか真剣になっていた。

「一度、どんな練習しとるんか、覗《のぞ》きに行ってみよかね。ところで、コーチは誰なん？」と大野夫人が言ったとき、ヒメと悦子は顔を見合わせた。五人とも「やっぱりコーチが必要だ」という気分になっていたからだ。「今、私たち、コーチおらんのです。コーチになってくれませんか？」と悦子が思い切って頼んでみると、大野夫人は「連れ合いと相談してみる」と答えた。お酒が入った勢いで、テーブルの方で話が盛り上がり、寺尾さんまで一緒に頼み込んで、大野夫妻は引くに引けなくなってしまった。とうとう大野夫妻はコーチを引き受けることになった。

瀬戸内海でも冬の海は寒い。春までは学校で単調な陸上トレーニングが続く。冬休みの後半はテストに備えて休んで、テスト明けの午後、大野氏の提案でまず全員、体力を測定した。「ねえ、悪いけど、あんたら本気でやっとるん？」と大野夫人はため息をついた。五人とも握力も背筋力も肺活量もおそるべき低さだった。翌日、悦子は大野夫人から練習メニューをもらった。ウォーミング・アップのランニング、バーベルを使ったウエイト・トレーニングを六種目十回三セット、バック台二十回、懸垂《けんすい》十回、腹筋二十回、屈伸百回、そしてラストはグラウンド周辺の走路を十周ランニング。約四キロの持久走だ。週に一回は城山の麓にある東雲《しののめ》神社までマラソン、階段昇り。これは悦子たちの提案だった。それがどんなにきついか考えないで、たまには気分転換、くらいの安易さで申し出たのだった。大野夫人は週に二、三回、差し入れを持って様子を見に来た。

コックスは陸トレはつきあわなくていいのに、ヒメはダイエットになると言って参加した。新年会の席で、コックスをしていた先輩から、体重を少しでも軽くするために食事制限して辛かったという話を聞いたらしい。バーベルやバック台はトラックで艇庫からプールの下の倉庫に移動した。関野ブーたち男子クルーは女子のせいで気ままに練習できないので怒っていた。

メニューを真面目にこなしてみると、こりゃ大変だ、ということがわかった。慣れるまでは決められた回数がこなせなかった。全員なんとかできるようになると、練習内容は加速をつけてハードになっていった。特に悦子は走路十周が苦手だった。スタートしたとたん「あと九回、ここを過ぎれば終わる」と考え始めて、ずっと足先を見ながら走る。五周を過ぎると頭が朦朧《もうろう》として、歩いているんだか走っているんだか見分けがつかないほど遅い。元気なダッコやリーとは一周遅れでゴールインする。校内マラソン大会に備えて体育の授業も持久走だったりすると、三周目あたりでもう止まりたくなる。「やる気がないんなら走らんでええよ」と大野夫人に怒鳴られても、足は鉛の錘《おもり》をつけられたように動かない。徹夜しているわけでもないのに悦子はこのところ眠い日が続いていた。朝から晩まで全ての授業で居眠りする記録を作ってしまった。

*

家庭科の授業の終わりに、悦子は先生に名前を呼ばれた。何だろうと悦子が家庭科準備室に行くと、先生は一月の被服検定の課題、赤い糸で縫った白い木綿布を持っていた。「言いにくいんだけどね、一年生はこの検定の四級に合格しないと単位を出せないの」と先生は説明した。つまりこの検定に落ちると留年してしまう。悦子の頭から血の気が引いた。珍しくペーパーテストはできたし、実技は他の生徒より早く提出したくらいだった。すっかり安心していたらこの始末だ。数学や英語ならともかく、家庭科で留年するなんて。「追試をするから、明日、準備して来てちょうだいね」と先生は気の毒そうに笑った。

　翌日の放課後、家庭科準備室に行くと同じクラスの山崎さんがいた。常日頃なぜ女子だけ家庭科が必修課目で男子は免除なのか悦子と一緒に怒っている人だ。山崎さんは「ええ、アンタも！」と目を見開いて悦子を見た。まさか他にも不合格者がいるとは悦子だって想像してなかった。先生は「二人とも実技が雑なのよね。ここ、やりなおしてくれる？」と、手とり足とり教えてくれた。本来なら不正はご法度だけど、先生もまさか家庭科で留年させるわけにはいかないのだろう。これは苦肉の策なので、誰にも言わないように先生は口どめした。悦子はまつり縫いが特に下手で、針目が揃っていないのが原因らしい。時間をオーバーしても丁寧に仕上げていれば、少なくとも不合格にはならなかったらしい。検定中に先生がそう言っていたのを悦子は今ごろ思い出して悔やんだ。しかし検定結果と時間は悦子には関係なさそうだった。新しい布にふるえる手で赤い糸を刺していると、石川さんが駆け込んできた。「ああよかった、来てくれたのね。早く針と糸出して」と先生が促すと、石川さんはおもむろに太く長いふとん針を突き出した。最後にミシンかけをした。「糸のかけかたがわかりません」と石川さんが騒ぐので見ると、座る向きが逆だ。先生は言葉を失った。三人が悪戦苦闘して仕上げるのを横で見守りながら、先生は、「家事や手仕事は身につけばめんどうでなくなるから。器用な人が楽々こなすより、不器用な人が苦労してなしとげるほうが、何倍も尊いのよ」となぐさめた。終わると先生は用意していたケーキと紅茶を出した。こんな優しさがあったんだなと悦子は思った。「女の子のクセにこんなこともできないなんて」と叱られることしか想像してなかったのだ。イチゴの乗ったショートケーキは先生の手作りで、白いクリームはほんのり甘かった。

＊

南国でも二月の校庭は寒い。肩まで炬燵《こたつ》にもぐり込んで、気がすむまで眠りたいような天気だった。いつものようにメニューをこなし、最後のランニングを始めた。タイムを測るためにストップウォッチを押して駆け出した。悦子はすぐにビリになった。何周走ったかもわからなくなっていた。野球部のネット裏を歩くような速さで回った瞬間、足がもつれ、立っていられなくなった。ふっと目を開けると誰かにおぶわれていた。居心地のいい背中だった。あとは覚えていない。気がついたら保健室のベッドに寝かされていた。側にヒメがちょこんと座っている。他のメンバーも心配そうに覗き込んでいた。

「練習、もう終わったん？」と言いながら悦子は起きあがった。

着替えてみんなと別れ、自転車置場まで歩くと関野ブーがいた。「乗れや」とぶっきらぼうに言った。それは断わりきれない強さだった。あたりは薄暗く短い冬の日は暮れかけていた。悦子は黙ったまま、関野ブーのぺしゃんこの鞄を持って後ろに座った。それきり関野ブーも何も喋らなかった。自転車は最初は重そうに、やがて軽く走り始めた。ほてった頬にふうわりと冷たいものが当たった。雪になっていた。腰にまわした悦子の剝き出しの手を、関野ブーは革手袋の手でためらいがちに覆った。それは商店街の入り口で悦子を降ろすまで続いた。

「無理するなや」

別れ際、関野ブーは怒ったみたいに言った。

「無理なんかしてないよ」

悦子も負けないくらいぞんざいに言い返した。

倒れたとき、悦子を運んだ居心地のいい背中も関野ブーだった。翌日ヒメがそっと教えてくれたけど、悦子はありがとうの一言がどうしても伝えられなかった。

学年末の身体検査で悦子は貧血と診断されていた。小学校の頃からだ。どうせ大したことない。悦子は気にもとめず練習を続けていた。

＊

春休みになると、また港山通いが始まった。平日は大野夫人、土日は夫妻がコーチに通ってくれることになった。「やっぱり、まだ寒いねえ」「ほんとに今日から出艇するんかなあ」などと小波の立つ海を見ながら言い合い、冬の間に荒れた艇庫を掃除した。ヒメは去年の夏合宿のときに浜辺に流れついた小さなブタのぬいぐるみを洗っていた。「置いてちょうだい、いう顔してない？」とヒメが真顔で訴えるので、そのブタのぬいぐるみを更衣室の棚に飾った。「このブタ、なんか守り神のような気がするねえ」とリーが言った。ブタ神様と名前をつけてみんなで練習の無事を祈ることにした。冬の陸トレのおかげか、艇は自分たちだけでなんとか運べるようになっていた。

久しぶりにオールを持って海の上の人になると、嬉しさが込み上げてくる。まず梅津寺までライトで漕いで、一本コースを引いた。悦子はブランクの割りに上手に漕げたつもりだったが、大野夫人は深くため息をついた。全盛期のクルーに比べたら貧弱でパワー不足なのだ。「それに、フォームにひどいめに癖がついとる」とも指摘された。オールを引くとき、みんな身体がまっすぐになっていない。きれいに漕げるということは、力が十分オールに伝わっているということなのだ。初心に戻ってフォームをマスターするため、腕だけで漕ぐ腕漕ぎや、足だけで漕ぐ足漕ぎがしばらく練習の中心になった。一本一本無駄にしないように、力が有効にオールに乗る漕ぎ方をマスターしないと、いくら練習しても艇は速く走らない。力の効いたオールは水から抜くと、海面に渦巻が残る。力が効いていないとスプラッシュがあがる。大野氏が来たときには、ボートの理論も教えてもらった。ボートは禅の修行に似ている。「早く終わらないかな」とか「帰ったら数学の課題をどうやってやろう」とか、考え事をしていると、すぐ大野氏に「足がきいていない」とか「身体がゆがんどる」と怒鳴られた。馬鹿になって何も考えない、心を無にすること、集中力、これが大事だ。口で言うのは簡単だけどやってみると難しい。練習すればするほど奥が深い競技なんだなと悦子は思った。もっと完璧なフォームになろう。最後の一本まで力の効いたオールを引こう。ヒメの漕艇日誌にはそんなことが書いてあった。

松山東高校での二度目の春が始まった。今年の新入生は女子と男子の比率が同じくらいなので、入部も多いのではと期待したが、ボート部の人気は低調で女子の新入部員は一名だけだった。身長が百七十センチはある大西さんというひょろっとした子だ。心細そうにしている彼女に「ボートレースが終わったら何とかならい」と言って、去年の男子の先輩のようになぐさめている悦子がいた。男子も似たようなものだった。関野ブーと悦子はクラスが分かれた。小さい頃の恨みを引きずっているわけでもなかったけど、相変わらず最低限のことしか口をきかなかった。

パンパンにふくらんだ重い鞄にシミひとつない制服という新入生スタイルは卒業して、課題のない授業の教科書は教室に置きっぱなしにするので悦子の鞄は薄くなった。漕ぎっぷりも豪快になってきたが、もっと豪快になったのは四人の漕ぎ屋の食欲だった。練習が終わるとお腹がすいてしかたないので、時間に余裕のある土曜日や日曜日は、港山の駅前で広島焼きを食べた。薄い皮に思い切りキャベツとうどん、あるいは焼きそばを入れたもので、かなりボリュームがある。それなのに電車に乗って市駅まで戻ると、またお腹がすいて、誰が誘うともなくうどん屋に入る。食べ物屋のハシゴである。それでまた家では普通に夕食を食べるのに、クルーのメンバーはたいして筋肉もつかず、女子プロレスラーにはほど遠かった。

近くに住む寺尾さんが差し入れを持って通ってくるようになった。寺尾さんの時代はフィックスという固定シートの大型艇だったので技術的なアドバイスはないが、労働研究所が考案した労研饅頭《まんとう》という松山名物の蒸しパンをいつも山のように持ってくる。「わしが現役のときには」で始まる昔話はおもしろかったが、話が始まると三十分は終わらないので早く帰りたいときには閉口した。

その日は大野夫妻が都合で来なかった。悦子たちはいつもより少しだけリラックスした気分になっていた。ウォーミング・アップをすませ、コーチの指示通りの練習メニューをこなした。一本目のコースを梅津寺から引いてきて波のない内港で休み、ストラップの調整をしていると、ふいにパーッ、パーッという警笛が聞こえた。あまりやかましいので悦子は頭をあげた。水中翼船がスーパークローズアップで視界にあった。気が動転しているので、なおのこと巨大に見えた。ヒメは有らぬ方を見つめてラダーのヒモをいじっている。

「ヒメ、後ろ！　水翼が来よる！」

悦子は叫んだ。このままでは接触する。今の向きではさらに港の奥に入ってしまう。慌てふためいて方向転換する。普通のフェリーより数倍速い高速の水中翼船の姿がどんどんアップになる。「オールメン、バック、バック！」とヒメが叫んだ。漕いだら逆に水中翼船に近づいていく。

「違う、ローよ、ロー！」と悦子は漕ぎながら叫んだ。水中翼船はどちらに避けようかと迷っているように、船首をゆっくりと左から右に振った。「ごめん、ロー！　オールメン、ロー！」とヒメも必死の形相だ。危ういところで接触はまぬがれたが、激しい横波をまともに受けて艇は大きく揺れた。艇の下にごつんという感触があった。いつの間にか岩の出た浅瀬の上にいた。ガリガリ、と底が擦れて気味の悪い音をたてた。クルー全員が度を失っていた。ヒメが「岩がある！　気をつけて」と言った瞬間、バウのイモッチのオールが岩に激しくぶつかった。赤いブレードがひび割れ、欠けた。上陸してもまだ一年生の大西さんは震えていた。「ごめんね、怖い思いさせて」と言う悦子の声も震え声だ。「海を恐れてはいけない、しかしあなどってはいけない」という大野氏の声が悦子の耳の奥で響いていた。

それから二、三日して、今度は新田高校のクルーが漁船と接触した。オールが胸に当たってメンバーのひとりの肋骨《ろっこつ》にひびが入った。その一件で、船の出入りの激しい内港での練習は禁止になった。波がなく静かで、海が荒れた日にはいい練習場だったのに、ボートは立入り禁止、というお達しが来た。

*

オールは一本五万円以上した。ブレードが割れたからといって、すぐに新調できるものではない。まだ予備のオールが残っていたので、イモッチはその中から持ち手が比較的細いのを選んで使うことになった。どのオールも持ち手は女子には太いので、コーチと一緒に削ってサイズを合わせた。掌《てのひら》を見せあうとみんな豆だらけだ。豆ができてつぶれ、またその上に豆が重なる。ダッコとイモッチはそのうちに掌の皮が厚くなって豆にも強くなったが、リーはいまだにひどくてサポーターが離せなかった。

六月の高校総体に向けて練習はますます激しくなっていた。一本コースを引いて梅津寺のスタート地点を通り過ぎても、まだイージー・オールの声がかからない。見慣れた風景が切れていく。岬を回るとターナー島という形のいい盆栽のような無人島があった。悦子の視界の端に興居島が入った。この岬を回れば、梅津寺だ。悦子はひたすら漕いだ。漕いでいるうちに風景も目に入らなくなった。どのくらいそうして漕いだだろう。ふと目をあげると全く風景が変わっていない。「ここは潮の流れがぶつかりおうとるけん、オールが効いてないと出られんぞ」と大野氏が怒鳴った。

「もっと蹴《け》って！」「オーリャ！」と気合を入れるが、掛け声ばかりで状況は何も変わらない。息ができない。全身の筋肉がもう止めろと叫ぶ。動きを止めたい。「死にたなかったら漕げッ！」ヒメがドスの効いた声で絶叫した。馬鹿、めいっぱい漕いどるわ、と叫びたいがその余力もない。大野氏の顔もヒメの顔も憎らしい。この一本が終わったらボートなんか辞めてやる。でもそうしたら他の四人はどうなる。ボートの最大の敵は自分自身だ。自分の体力と気力の限界との勝負なのだ。ちきしょう、まだまだいける、悦子は自分自身に呪文をかけた。その澱みを抜け出したとき、コックスのヒメからやっとイージー・オールのコールが出た。悦子の目の前には母のような瀬戸内海の風景が広がっていた。大型のフェリーに乗っているときには気がつかない海からの視線だ。悦子は朦朧とした頭で陸を見た。身体はへとへとだったが気分はよかった。細胞のひとつひとつまで充実していた。さっきボートを辞めようと思ったことなど悦子はすっかり忘れていた。

＊

背中ごしにまっすぐな水上の道があった。それは水平線まで続いていた。水は鏡のように静かだ。ローの合図で足を蹴った。赤いブレードだけを見ていた。前へ行って後ろへ下がって。繰り返されるピストン運動。漕いでも漕いでもゴールは来ない。鈍色の水のガラスに白いフィニッシュのあとが永遠に続いていく。

試合が近づくと悦子はよくそんな夢を見た。クルーのメンバーの前では呑気にふるまっていたけど、内心は泡立つように不安がぽこぽこと浮かんでは消えていた。

子供の頃、悦子は運動会や遠足の前にはりきりすぎて、当日によく熱を出した。自家中毒というやつだ。勝ち気で芯がやわなのだから始末におえない。しかもお調子者でエキサイトしやすいときている。ちょっとした遠足でさえ、一か月も前から五百円のおやつの中身を計画し、一週間前にはリュックの準備をして、当日開けてみると菓子がみんな腐っていたこともある。

「ねえ、何泊するん？」とヒメが聞く。

「二泊、とーぜん予選通過よ」

悦子は強く宣言した。心の中は不安でいっぱいだ。

「雨が降って濡れるかもしれんし、まあ下着は余分に持っていくか」

オールを梱包しながらいつもヒメとそんな会話になったけど、高校総体も国体も予選でビリだった。シートをとばして途中で漕げなくなるトラブルがないだけ進歩だった。国体予選では二位の宇和島東との差は半艇分だけだったから、負け方の内容は良くなっていた。すぐ側に敵のクルーがいて、最後まで結果のわからない試合は、身も心もくたくたに疲れた。負けると疲労が何倍にもなって、使い古された雑巾みたいにぐったりした。「あーあ、いつになったら勝てるんやろね」とダッコがつぶやく。「やめよや。そんなこと、考えまいや」リーはなんとか皆の気を引き立てようとするけど、負け試合のあとはいくら練習しても砂浜に水をまくようなものじゃないかと虚しさが心に広がる。それでも悦子たちはすぐに立ち直った。よく食べたしよく喋った。なんでもないことでお腹が痛くなるまで笑った。寺尾さんに「箸がころんでもおかしいんじゃのう」とからかわれた。寺尾さんは日曜日になると松山中学時代のOBを率いて艇庫に乗り込んできた。フィックスの練習なのだ。現役よりも艇友会が盛り上がって、百周年記念のボートレースの準備が進んでいた。

梅雨も明け、唐突に夏が始まった。ボートレースの日、堀江海岸はOBの同窓会のようだった。誰よりも意気込んでいたのはもちろん寺尾さんだ。くすんだ感じのおじさんたちはハチマキをきりりとしめて、この日のために揃えた白いトレパン姿で颯爽《さっそう》と登場した。今は会社の社長や病院の院長だという大先輩たちは、少年みたいにはしゃいでいた。

去年は先輩の間でうろうろしていただけだったが、今年は悦子たち二年生が仕切らなければならない。悦子たち女子部員五人もグループ対抗戦の世話でこまねずみのように動き回っていた。予備のオールしか出していなかったが、慣れない生徒は浅瀬で砂にブレードを突っ込んだりするので目が離せなかった。レースが終わってもほっとできない。招待した宇和島東との対抗戦が待っていた。男子は勝ち、悦子たちはぎりぎりのところで負けた。岸で応援してくれた生徒に申し訳ない気がした。「かたき、とっちゃるけんの」と寺尾さんの世代は意気込んで出艇し、本当に勝った。それにしてもどうして自分たちのクルーは勝てないのだろう。正式な試合ではないものの、悦子はつくづく口惜しかった。

試合には負けたけど嬉しい収穫もあった。後輩のクルーができたのである。大西さんの必死の勧誘で、レースに参加した何人かが入部したのだ。ほとんどが新人戦までの助っ人だったが全員残る可能性もある。後輩のクルーのうち、大西さんを入れて三人は背が高く、練習にも熱心に通ってきた。校内にライバルができた感じで、うかうかしてはいられなくなった。コース練習で並んでスタートすると、簡単には水があかず、追いすがってくる。気も強くて「先輩に負けるな」「オーリャ!」と叫びながら、ぎりぎりまで勝負をあきらめない。身近なライバル出現はなかなかの脅威だった。

＊

二年目の合宿はまさしく「合宿」だった。六時に起きて砂浜のランニング、出艇、昼食をはさんでバーベル、棒引き、バック台。陸トレが終わると、休憩をとり、夕方また出艇する。そんな生活がお盆休みまで一週間続いた。

波を受けて水のたまった重い艇を運ぶのも練習のひとつだ。大潮ではるかかなたまで水が引いても、そして、口をきくのもおっくうなほど疲れていても、もう誰も艇運びを手伝ってもらおうとは言い出さなくなっていた。途中までコックスのヒメが台を運び、一度休んでから、また艇庫前まで艇を抱えて運ぶ。一年生も一緒に参加した最初の三日だけは夜、花火をしたが、誰もトランプや課題をしようと言い出さないし海水浴もしない。休憩時間には昼寝をしたり、お互いの筋肉痛をほぐすためにマッサージをしあったりした。夜も銭湯に行くと早々と消灯した。練習をこなすので精一杯だった。一日のトレーニングを終えると、全身が他人の身体のようだった。リーは千本漕ぎで掌の皮がむけて、手をお湯に浸《つ》けられなくなっていた。それでもリーは後輩と交替しなかった。包帯とサポーターで左手を巻いて練習を続けた。

　合宿最後の日は休日で、大野氏と大野夫人、ふたりのコーチが艇に乗った。大野氏はさりげなく「今日は興居島でも行ってみるかのう」と言った。遠足気分で、島に上陸して昼ご飯でも食べるのだろうかと、とっさに想像した悦子は馬鹿だ。すぐそこに島影があるのに、漕いでも漕いでも島は遠かった。早くイージー・オールのコールをしてくれ。悦子は何度も目くばせするのに、ヒメはそ知らぬ顔で「パドルになってない！」とか「引きが甘い！」と野太い声で容赦なく注意する。ヒメの後ろからは大野氏、イモッチの後ろからは大野夫人の叱咤《しった》がとんでくる。大野夫妻もヒメも人でなしだ。

島の岬を回ったところでやっと休憩になった。汗は強い太陽に照らされ、休んでいる間に腕は塩がふいて白くなった。島の裏側に民家はなく、その光景は無人島のように寂しい。大野氏はまだ艇の向きを変えようとはしない。しばらくペアで漕いで、ようやく方向が変わった。今度は陸がゴールになる。背中の後ろの港山ははるか先だ。もっと強い他の高校は一体どれだけ練習メニューを消化しているのだろうか。これでも足りないというのか。

遠漕から戻って、合宿の反省会をした。一人ずつ感想を話した。つい愚痴っぽくなる。大野氏は腕を組んで黙って聞いていた。

「みんな、どうせだめだろうと思って練習してないか」

大野氏は静かに言った。自分の心と向かい合うと弱さばかり見えてくる。

「どうせだめだろうと思ってやるのと、何とかしようと思ってやるのとでは全然違うぞ」

琵琶湖は決して無理な目標じゃない。今あきらめたら一生後悔する。そんな予感がした。できる人間が半分の力で勝つんじゃなく、できない人間が百の力で精一杯ぶつかるほうが難しい。もう逃げないと決めたんだ。悦子は自分に言いきかせた。

＊

　午前中だけ受けた授業は、言葉が宙に浮いて頭に入らなかった。新人戦は明日だ。最後の全国大会出場のチャンスだ。高校総体や国体は一位しか全国大会には行けないので、どうころんでも悦子たちの実力ではだめだろうが、新人戦は三位までに入賞すると琵琶湖で開かれる朝日レガッタに出場できる。女子の優勝はいつものように強い今治の二校の勝負になるだろうが、三位争いには悦子たちも首を突っ込める。

　予選のくじ引きに行ってみると、学校数は同じ五校だったが、クルーの数は九に増えていた。長浜以外がみんなBクルーを出してきたのだ。今治南、今治北のBクルーはあなどれない。彼女たちはA、B二クルー揃っての朝日レガッタ出場をめざしている。一年生中心のBクルーに全国大会を経験させて、来年の全国制覇を狙っているのだ。

　予選の相手は長浜と今治南Aだ。二位になれば準決勝に進める。とにかくビリにさえならなければいい。長浜にだけは負けたくなかった。一年生のクルーは今治北と宇和島東のBクルーと対戦することになった。

予選の前の日、ブタ神様にみんなで祈った。リーが「前に負けたのはブタ神様を連れていかなかったからかもしれない」と言うので持ってきたのだ。まだまだ甘い練習だったかもしれないけれど、悦子たちなりにやってきた。最後はもう神か仏に艇を押してもらうしかない。初めは冗談だったのに、拝んでいるうちに本気になっていた。まるでどこかの新興宗教の集まりみたいだった。

予選では番狂わせが起こった。宇和島東のBクルーが一年生クルーが二位に入ったのだ。悦子たちも絶対に負けられない。それにしてもたいした奴らだ。悦子たちは予選三組だったので、艇の上から試合を見た。勝った当人はぐったりして、悦子たちの方が歓声をあげてしまった。

次は悦子たちの番だった。もうお嬢さんクルーとは呼ばせない。一レーンだったので敵の姿は悦子のストローク・サイドには見えなかった。それがいつも焦ってあがってしまうピッチにブレーキをかけてくれた。スタートからオールは合っていた。過ぎていくブイも視界に入らない。無理に早く漕ごうとしないで一本一本ていねいに漕いだ。

「ミドル！　勝っとるよ！　オールメン、ファイト！」

ヒメの声でビリじゃないのがわかった。フィニッシュして前を見ると長浜高校がゴールするところだった。

上陸するとコーチはメンバーの肩を叩いて、「今までで一番呼吸がおうとったぞ」と褒めてくれた。それでも信じられない気分だった。宿舎に戻って「もう一泊する」と交替で家に電話した。最後に受話器を置いたイモッチに「本当に私ら勝ったんやね」と言われると、悦子は次第に実感がわいてきた。

男子も勝ち残って、夕食のテーブルはいつになく和やかな雰囲気だった。先輩が引退していなくなってから、いつの間にか口もきかないような仲になっていたのに、お互いのレースぶりを冗談まじりに喋っていた。

悦子は初めての勝ちに喜ぶどころか、明日の準決勝が気になっていた。次の相手は今治北のAクルーと今治南のBクルーだ。どうしても二位にくいこんで、決勝戦に進まないと琵琶湖へは行けない。

窓の外は闇に沈んでいた。消灯してからも頭の芯が冴《さ》えていた。身体は疲れているのに、眠りのエレベーターは下がろうとすると、ふうっと覚醒まで一気に上昇してしまう。隣でダッコがすうすうと規則正しい寝息を立てていた。悦子は寝返りを打ち、外の闇を見ていた。スタートは三回、小きざみにストロークを伸ばして、十本パドル、ミドルで二十本パドル、スパートはラスト二百。おまじないのように唱えているうちに眠っていた。

朝は六時に起きて軽いランニングで身体を温めた。清浄な空気を肺いっぱい吸い込む。山道は白い靄《もや》に覆われ、仙人になった気分だ。

一年生クルーは今治南Aと宇和島東A、敗者復活戦であがってきた今治北Bに負けた。途中までは水をあけられていなかった。一年生に負けていられない。

落ちついて、と悦子は自分に言い聞かせた。準決勝で負けたら後がない。

スタートで「行けるよ！」とヒメが叫んだ。「オーリャ！」と声が重なる。気合を入れて、悦子たちのクルーは今治北Aに追いすがった。今治南Bもぴったりついてくる。体力のない悦子たちは前半で差をつけないと、ラストまで持たない。一艇身あいた。なんとかこのまま逃げ切りたい。そんな思いでふんばった。ゴールしてみると二着で、今南Bを二艇身離していた。やった。希望が繋がった。

決勝戦は今治南Aと今治北Aの一位争い、宇和島東Aと松山東Aの三位争いが予想された。なんとしても三位に入って、朝日レガッタへの切符をつかみたい。

「さあて、行こうや」

ヒメはのんびりとした口調で言った。

「考えても仕方ないよ。なーんにも考えずに普通どおりやろや」

「ほうやね。今さら欲出してもなるようにしかならんわい」

リーは大きなあくびをした。

「とにかくドベ脱出できたんやから、もう、思い残すことはないよね」

ドベを標準的な日本語にするとビリである。悦子は内心、ここまできたら、琵琶湖で漕げなければ本望じゃないと思った。

「イモッチ呑気やねー。私なんかよう眠れんかったというのに」

一番遅くまで寝ていたダッコが言った。

「うそー。あんた、一番早《は》よ寝て、一番遅《おそ》まで寝とったやろ」

ヒメはいかにもおっとりしているようで、どこか度胸が据《す》わっていた。神経質なコックスだとクルーまで緊張してしまう。そのとぼけた味が悦子たちを救っていた。試合の時間がせまり、準備体操をしていると関野木材のワゴン車がとまった。悦子の両親と祖母、伯母夫婦まで窓から手を振っている。おまけに隣にいるのは関野ブーの母親だ。ヒメの両親まで巻き込んで町内会で応援に来たらしい。「なんか凄いことになっとるね」とヒメと顔を見合わせた。大野氏のアドバイスは何もなかった。保護者応援団と並んで、大野夫妻は目を細めていた。寺尾さんは自らレースに出るかのように緊張していた。

鹿野川湖の水面に秋の空が映っていた。艇に座ってオールをセットする。ウォーミング・アップしながらスタート地点に向かう。朝靄はいつの間にか風に流れ、凛《りん》として透明な空気だけが残っていた。男子の準決勝が始まっていた。ものすごいせりあいだ。

「東高ファイト！」近くまで艇が近づいてきたとき誰ともなく声をかけていた。「オーリャ」と声が返った。ゴールは遠く、結果はわからない。なんとなく悦子は気になった。

「ほな、恒例により、一発いきます」

ヒメは胸いっぱいに息を吸い込んだ。

「ひがしこー、がんばっていきまっしょい！」

「ショイ！」

「もひとーつ、がんばっていきまっしょい！」

「ショイ！」

「琵琶湖でもこれを言うぞ！」

ヒメの言葉に漕ぎ屋四人の笑い声が弾けた。声は谷に谺してダム湖を取り囲む森に吸い込まれていった。自分たちの声が励ましてくれていた。ほかの二艇からも気合を入れる声があがったけれど、やっぱり「東高がんばっていきまっしょい」が一番いい。こんな素敵な掛け声を作ってくれた誰かに感謝した。

今治南、今治北、宇和島東、松山東、四校のＡクルーが並んだ。

「用意、ロー！」

審判艇からスタートの号令がかかった。

「一、二、三、セッ、セッ」と言いながらオールを合わせた。宇和島東はほとんど並んでいた。敵はスタートでスパートをかけ、半艇分、飛び出している。

「まだまだいけるよ！」

ヒメがバウから順番に声をかけていく。悦子のサイドに敵はいるがコックスの姿はまだ見えない。「負けてたまるか！」と突然リーが怒鳴った。「オールメンついてこい！」と悦子も怒鳴り返した。まだ見えない。ピッチをあげたくなるがぐっとこらえる。「ピッチ三十四！　ミドル！」とヒメが言う。このペースをコンスタントに続けていかなければいけない。苦しい。目がかすむ。だけど、死んでもこれ以上の差を許すわけにはいかない。この試合のために千本漕ぎも興居島までの遠漕もこなしてきたんだ。何のためにがんばるのか、そんなことは、もう関係ない。今あるエネルギーのすべてを燃やし尽くすだけだ。まっすぐに、ひたすらに。相手のコックスも絶叫している。悦子のオールの向こうに敵が並んだ。リードしているのか、されているのかわからない。見えない相手を追っているより、見える相手とせりあっている方が数倍辛い。一本のミスが差になるのだ。

「ラスト二百！　スパートいこう！　スパート！　スパート！」

ヒメの声に合わせて足を蹴り、全身で漕いだ。相手のコックスは焦っている。自分たちの艇がぐいぐい伸びているのがわかった。抜いている。赤いブレードがくっきり見えた。頭は真っ白だった。心臓が爆発しそうだ。爆発したってかまわない。もう死ぬまで漕いでやる。

「イージー・オール！」

無我夢中で最後の一本を引いた。ゴールすると目眩《めまい》がした。オールにしがみついて息をしていた。審判艇が白旗をあげる。レース成立。相手の艇は隣にいた。何が何だかわからなかった。ようやく落ち着いて顔をあげると「勝ったみたいよ」とヒメは他人事みたいにつぶやいた。決勝戦のゴールは琵琶湖へと続いていた。

宇和島東のメンバーは艇の上で泣き出した。「やったね」と叫びたくなるのをぐっと抑えた。彼女たちの思いも引き受けて琵琶湖へ行くのだと悦子は思った。奇跡のようなデッド・ヒートだった。悦子は世界中のありとあらゆる神様に感謝したい気分だった。

優勝したのは今治南Aだった。二位の今治北Aとの二艇身の差が悦子たちの実力を語っていた。全国大会で最低のチームになるわけにはいかない。新人戦はもうひとつのレースの新しい始まりに過ぎなかった。

家に帰ると夕食はすき焼きだった。家族は初めて見たボートの試合に興奮していた。優勝したわけでもないのに、飯の前にひと風呂浴びろだの、もっと肉を食えだの、悦子はまるで凱旋《がいせん》将軍のようだった。むやみやたらに照れていたけど、ばあちゃんの笑顔が妙に嬉しかった。

＊

最後に畳の拭き掃除をして、艇庫の冬支度は終わった。しばらくこの味のある建物ともお別れだ。また陸上トレーニングだけの長く寒い季節が始まる。だけど悦子たちには琵琶湖の春が待っていた。七人になった女子部は少しだけ静かになった気がした。続くかな、と淡い期待をかけていた一年生クルーは約束通りほとんどやめ、最初の入部者の大西さんと、いつも憂鬱そうなバウの市原さんだけが残った。でもきっと春になれば一年生が入ってくるに違いない。悩んでもしょうがない。寺尾さんが艇友会に頼んで寄付金をつのり、一年生の二人も補欠として琵琶湖に行けることに決まった。女子用の新しいオールも作ってもらえるらしい。七十年以上もある長い人生で、わずか三年間のボートのために、たくさんの先輩たちが協力してくれるのが不思議だった。十六歳から十八歳までの約千日は、命が凝縮された眩しいほどの輝きを放つ、純粋で濃い時間なのだろう。その真ん中で右往左往している悦子には、なんでもない平凡な日々の繰り返しにしか思えない。いつかこの時間が過去という扉の向こう側に閉じ込められたとき、失ったものの素晴らしさに気がつくのかもしれない。悦子にはまだ自分が持っている宝物は何なのか、自分がこれから何を失っていくのか、想像もできないし、したくもないのだけれど。

　気の毒なのは関野ブーたち男子だった。敗者復活戦でデッキ分の差で負けてしまったのだ。彼らのクルーを押してくれる神様はいなかった。無言で窓に風除けのベニア板を張っている男子たちの、口惜しさと次のゴールが見あたらない裂けた風船のような胸の中は悦子にも理解できた。だけど悦子にはどうすることもできない。いつものように無愛想に接するしか、できない。同情するのは失礼だと思うのだ。

　板を張り付けてしまうと部屋の中は真っ暗だった。しばらく港山には来られないから、駅前で広島焼きを食べていくことになった。ダ、ダ、ダと勢いをつけて階段を降りた。他のメンバーは先に歩いていき、路地の向こうに消えた。悦子は入り口に鍵をかけて、ふっと海を見た。ゆるやかに繰り返される潮騒があった。紫に染まった雲の下を、太陽は赤く燃えながらゆっくりと下降して、水平線に溶けようとしていた。その光景に誘われて砂浜を歩いた。島へ渡るフェリーは、すでに白色の電気で飾られ、名残《なごり》惜しそうに海の上を滑っていた。

　人の気配を感じて後ろを振り向くと、誰かが立っていた。関野ブーだった。お互いに照れ臭くて、視線を外した。悦子は前を向いたままその場所から逃げられなかった。風は早い冬の冷たさで、悦子は身震いした。いきなり肩から制服の上着をかけられた。海の匂いがした。関野ブーの匂いかもしれない。

「終わったな」

関野ブーはぼそっと言って砂をつま先で蹴った。水平線は太陽の色だった。

「あっという間に暮れていくね」

悦子は遠くへ視線を泳がせた。

「また陸トレの冬か」

関野ブーは肩で息をついた。「あのときは、ありがとう」というひと言が悦子は言えなかった。言葉はいつだって空虚で、唇から離れた瞬間に乾いてしまう。

「いろんなこと、あったねえ」

前を向いたまま悦子は言った。

「ほうやなあ」

関野ブーはしばらく何か考えていた。

「あのな、保育園のとき、ジャングルジムから突き落とされたやろ」

「うん」

「突き落とした奴、誰か覚えとるか？」

「まさか。覚えてないよ」

「あれ、俺や」

遠くで電車の警笛が鳴った。

「ふうん。ほうやったん」

言いたいことはタイミングを失って、どこかへ吸い込まれてしまった。

「あのとき、俺、先生と謝りに行って、先生が許してあげようね言うても、あんた、最後まで、うん、って言わんかった」

「強情やからねえ、昔っから」

「ほうやな」

会話が途切れると、また潮騒の音だけがあたりに満ちた。

「ほやけど」

もう一度、今度はもっと遠くで、電車の警笛が鳴った。

「ほやけど、その意地の張り方、なかなかええと思うよ」

関野ブーのスニーカーが砂を歩く音をたてた。

「じゃあな。お疲れさんでした」

「お疲れさんでした」

悦子は後ろを振り返らなかった。関野ブーが自転車に乗って走りだすまでじっとしていた。感情が波になっていた。笑えばいいのか泣けばいいのかわからなかった。涙は風が乾かすだろう。悦子は海に背を向け、港山駅に向かって歩き始めた。どうやってこの制服の上着の言い訳をしようかと考えながら。

イージー・オール

船が揺れている。海は大時化《おおしけ》だ。目を閉じると壊れたエレベーターに乗っているようだ。台風は瀬戸内海を北東にひた走っていた。出港してしばらくは、風がなま暖かい程度で何でもなかった。それが一時間後には船そのものが巨大な赤ん坊の揺り籠《かご》になり、あっという間にシーソーに変わった。難破転覆の恐れがないから出航したのだが、なかなかの迫力である。

修学旅行最後の夜というので、さっきまで絶好調で、揺れるたびに高い声をあげて遊んでいた仲間が、ひとり、またひとりとトイレに直行し、青い顔をして戻ってきては床に倒れ込み、壁際に向いて唸っている。しんとしてしまったので、悦子も仕方なく横になってみたが、さっきから目が冴えざえとしている。時計を見るとまだ十時だ。見たい。台風で荒れた海がどうしても見たい。悦子は我慢できなくなって立ち上がった。まっすぐに廊下を歩けないほど時化はひどい。でも悦子は平気だ。ボート部に入って得をしたと思うのは、こんなときくらいだ。

廊下でイモッチとばったり会った。

「退屈やねー、最後の夜やのに」

彼女も船の揺れには強くなっている。

写真部の田宮が青い顔をして壁をつたいながら、よろよろと階段を降りていった。

「どしてお前ら何ともないんぞ、人間じゃないが」

「人間、鍛えれば、時化だって、ノストラダムスの予言だって、どーってことないわい」

イモッチは田宮の背中に鋭い視線を投げかけた。悦子とふたりで台風状況の視察に行くことになった。お互い、雪が降ったら犬と一緒に走り回るたちなのだ。

乗船口になるホールで、母親が子供に救命胴衣を着せていた。ドアは閉ざされ、ガラスの上で水滴が踊っていた。風圧で重いドアを強引に開けて甲板に出る。塩気のある霧が身体にまとわりついてきた。白く角のある波がうねりになって、ばあん、ばあん、と船の腹を攻撃している。見ているだけで心拍数が上昇する。悦子はおっ、おっ、と細い階段を壁にぶつかりながら昇って後部デッキに出た。しばらくイモッチとデッキの端に立って荒れた海を見ていた。

「わー、すごー、私らラッキーやね、台風のときに船に乗れて、ねー」

イモッチは一般人と感覚のずれがある。いつだったか、物理の試験で、「力について説明せよ」という問題が出た。力（チカラ）をカ（蚊）と思い込んで、絵入りの答えを書いた人間である。

「ねー、知っとる、昔、修学旅行生の乗った船が台風におうてねえ、転覆したんやって」

なぜイモッチは笑顔なんだと悦子は思う。

「だいぶ犠牲者が出たんやってねー」

さすがの悦子も次第に不安になってきた。気が小さく度胸がないから、危機的状況になると浮き足だつのかもしれない。

落ち着かない小心者は悦子だけではなかった。ドアが開いて、三人の男子が上がって来た。バスの中で悦子と一緒にブラック・ジャックに熱くなっていたテンマ・カケルほか二名だった。

テンマ・カケルは、悦子とは一年生からの同級生で、親のつけた名前は中田三郎という。ラグビー部の一年生に美形がいるという噂が広まって、予餞会《よせん》の映画、「HIMIKO」に引っ張り出された。主人公ヒミコの心の恋人で、泣く泣く周囲に引き離され、何者かに殺害される若者の名前がテンマ・カケルで、それ以来、中田三郎はその名前で通っている。テンマ・カケルは中学までは神戸の有名な男子校にいて、親の転勤で松山東高校にやってきた。切れ長の目、細い鼻、適度に薄い唇がこざっぱりと配置されている。日焼けした顔。健康で筋肉質な身長百七十七センチの身体。黙って立っているだけで、テンマ・カケルは目立つ。完璧な肉体と頭脳をあわせ持った人間が現実に存在することを悦子は彼に会って知った。いわば神に祝福された人種なのだ。おまけにテンマ・カケルは性格もいい。気どりも飾りもなくおっとりとしていて、並ぶとどうにも田舎臭い松山で生まれ育った男子たちにもいつの間にか違和感なく溶け込んでしまった。

「いいところで会ったな」

テンマ・カケルはジャージのポケットからトランプを取り出した。悦子にはまずまずの博才がある。正月の恒例、家族花札大会で、姉のお年玉をまきあげた杵柄《きねづか》は高校生になった今も健在なのだ。雨の降り込まない後部デッキに腰を落ち着けて、真剣勝負が始まった。ときおり、ごう、と気味悪くなま暖かい風が吹く。勝負は五分五分、イモッチも健闘している。集中していると一時間が十分程度の速度で過ぎていく。台風はどうやら今がピークらしい。テンマ・カケルほか二名の集中力が落ちてきた。テンマ・カケルはラグビー部、ほか二名は硬式テニス部。時化では悦子たちボート部に分《ぶ》がある。

「お前ら何しよんぞ」

背中の後ろから声をかけられ、先生の手入れかと鋭角的に振り向くと、天敵、関野ブーである。

「わし、もう、限界。関野、替わってくれや」

さっきから妙に顔色が青いと思っていたほか二名その一がリタイヤした。二年生になって関野ブーは違うクラスになっていた。テンマ・カケルの眉がほんの少し動いた。

関野ブーはなんか賭けようと言い出した。

「のどか食堂の昼定食にしようや。一番負けた者が一番勝った者におごる、どう？」

のどか食堂は、松山東高の正門前にあるその界隈で唯一の定食屋で、店は古いがなかなか旨い。生徒は利用禁止だが、平日でも運動部の男子で繁盛している。話がまとまり、みんなの視線が熱くなった。十回勝負で中盤を過ぎるとイモッチの敗色が濃くなり、ビリはあっけなく決まった。

イモッチは真剣な怒りとともに去り、ブービーのほか二名その二も船酔いで消え、所在なさげにカードをぱらぱらさせている関野ブーと、悦子、テンマ・カケルの三人が残った。それじゃあ、と腰を浮かせたら、「まだ決着がついてないよ」とテンマ・カケルが物足りなさそうに言った。

修学旅行が始まった日から、テンマ・カケルと悦子は勝負を続けていた。スタートしたときからつけている点数表を広げると僅差で悦子が勝っている。それがどうもテンマ・カケルには納得がいかないらしい。本当に負けず嫌いな奴だ。ふと冷静に眺めてみると、学年でトップクラスの秀才と、劣等生の悦子が火花を散らしている。

悦子はよしっと気合を入れてカードを引いた。数字が揃った。ふくみ笑いをしてカードをオープンする。ケッ、という顔をして関野ブーがカードをデッキに叩きつけた。テンマ・カケルがうっと唸った。

それは口惜しさの呻《うめ》きではなかった。やばい、くるぞ、と悦子が思わず両手を出したとたん、テンマ・カケルはその手の中にげえと吐いた。連鎖反応で悦子も胃の中から酸っぱいものが込み上げてきた。それをこらえて、「だいじょうぶ、ええけん、なんもかんも、お吐き！」と叫んだ。こうなったら、もうやけだった。両手の中の吐瀉《としゃ》物《ぶつ》を海に捨て、デッキにたまった塩水で手を洗い、ハンカチを浸した。関野ブーはテンマ・カケルの後ろに回って背中をさすっている。

「俺、毛布持ってくる」

関野ブーはどかどかと階段を降りていった。テンマ・カケルは目を閉じて、横になった。長い睫毛《まつげ》の端に涙がにじんでいる。

「すまん、かまわないから、もう、ほっといて」

そう言われても置き去りにはできない。関野ブーの持ってきた毛布にくるまってカケルは唸っている。ラグビー・ボールよりピアノの鍵盤が似合う細い指に、ふいに悦子の指先が触れた。薄いガラスのようにひんやりした。

「もうええよ、俺、面倒みるけん」

関野ブーが戻ってきたので悦子が立とうとすると、テンマ・カケルはその足首をつかみ、情けない声を出した。

「行くのかよ、シノムラ」

観念して関野ブーと並んで壁にもたれた。しばらくすると、テンマ・カケルは関野ブーの膝を枕に、悦子のジャージの裾を握ったまま寝込んでしまった。

「あーあ」

悦子と関野ブーは顔を見合わせた。うとうとしていると、台風の目に入ったのか海は元の凪《なぎ》に戻った。いつのまにか悦子は眠り込んでいた。

漕いでも漕いでもイージー・オールのコールのない夢を見ていた。金縛りにあったように身体の自由がきかず、息ができない。はっと目を開けると、ほの白んだ海と空があった。しかしこの白々しい静けさは何だろう。身体に毛布がかけられている。関野ブーもテンマ・カケルもいない。

置き去りにされたのは悦子だった。ひどい。なんて奴らだ。あれからまた時化て波にさらわれでもしたら、どうする気だったんだ。ゲロに手まで貸したっていうのに、これだからコンクリートに囲まれて育った奴はろくなもんじゃない。キューリみたいに冷たい。悦子の全身の血が瞬間的に沸点に達した。身体の奥から込み上げる怒りと、夜明けの甲板にひとり転がっていた情けなさをしみじみ味わいながら、悦子は船室に戻った。

台風の余波で風はまだ強く、船は高浜港の手前にある堀江港沖でしばらく停泊し、一時間遅れで入港した。悦子は怒りと空《す》きっ腹《ぱら》で苛々《いらいら》していた。桟橋に上陸するなり、ひとこと言ってやろうと二人を探した。解散前の整列で、出席番号の近いテンマ・カケルは悦子の斜め前にいた。文句を言う前に、テンマ・カケルが小声で囁いた。

「ごめんな、あれから船員さんが上がってきて、俺、気分なおってたから、下に降りたんだ。シノムラ、グッスリ寝てて、関野と船員さんと三人で起こしたんだけど、ほっといてや、って怒鳴るから……」

どうりで船を下りるとき、船員が悦子の顔を見て笑ったはずだ。

「シノムラさん、おはよう」

竹内先生のいつもののんびりとした声が聞こえた。

「先生、すごい時化でしたね」

「そうらしいな、私はすぐ寝たけん、何にも知らんけどね」

竹内先生は大きなアクビをした。

賭けていたのどか食堂の昼定食の話はそれで断ち消えになった。

八月の日差しは朝から元気だ。さすがの悦子も、陸をふみしめているのにまだ足元がふわふわしていた。悦子の家族は迎えに来ていなかった。バスと電車を乗り継いで帰るつもりでいたら、待合所で関野の母親につかまってしまった。

「悦っちゃん、こっち、こっち」

つばの広い白い帽子を被った関野の母親は、よく通る声で呼んだ。同級生の前で関野ブーと同じ車に乗るのは、とてつもなく気恥ずかしいことだった。両親には絶対に迎えに来るよう頼んでいたのに、こんなことなら家族一人ひとりにお土産なんか買うんじゃなかったと悦子は恨んだ。関野の母親の質問ぜめにあいながら、悦子はわざと遅れて歩いた。車の中で、関野ブーの態度はいつものようによそよそしく、悦子とは口もきかなかった。

修学旅行の写真ができあがって、ばあちゃんに見せた。

「あれまあ、きれいなサルスベリじゃのう」

ばあちゃんは可愛い孫が写真のどれかとも聞かず、しきりに感心していた。

悦子の怒りには持久力がない。写真が未整理のまま押し入れに突っ込まれた頃には、悦子は新人戦のことで身も心もいっぱいになり、北陸中部台風付き修学旅行は、心の比較的清らかな部分にしまわれ、固く扉が閉ざされた。

*

陸トレの冬だ。朝、目を覚まして窓を開けると張りつめた冬の空気がしのびこんできて、悦子は季節が変わったことを知った。樹も水も光も冷たさに磨かれて純粋になっていく。透明でひんやりした空気で胸を充《み》たすと、すとん、すとんと気圧の谷間に入り込んだ複葉機のように気分が不安定になる。

新人戦が終わり、身体を縛っていた見えない緊張感の糸が切れた。そうしたら、ふわふわした無重力な感覚になった。まるで深海を漂うユメナマコだ。悩みがないならないで、次の悩みを無意識に探しているのかもしれない。

進路調査のアンケートが渡されていた。まだ白紙のままだ。三年生になれば理系、文系、私立、国立、志望大学に合わせて細かくクラス分けされ、生徒は選別される。悦子たちから国立大学は一期校、二期校が統合され、共通一次試験を受ける。つまり、国立大学は一校に絞らねばならない。初めての試みだから、悦子たちはいわば実験台だ。どんどん受験に向かって追い込まれている。

シーズンが終わったあとのボート部の練習は基礎体力づくりと筋力トレーニングが中心になる。そこには海がない。足の裏を焼く砂浜もない。潮騒もない。舞台装置のない無言劇のようだ。ただ淡々とメニューをこなしていくだけだ。授業が終わると校内の端にすまなさそうに建っている二階建ての建物に直行する。二階の北の隅が女子ボート部の部室である。着替えると、来た者から、グラウンドの周りを囲むアスファルトの走路を五周して身体を温める。

メンバーが揃うまで、霞《かすみ》がかかったようにぼんやりした頭で、悦子は鉄棒に寄りかかっていた。ラグビー部はもういびつな形のボールを追いかけている。十五人いる少年の群から、先頭をきって走っていくフルバックのテンマ・カケルだけ浮き上がってくっきりと見える。触れると崩れてしまいそうな繊細さを、わざと自分で壊して、輪郭の太い線で描きなおそうと、むきになっているように見える。肉体をぎりぎりまで痛めつけ、精神を壁際まで追い込み、あらゆるものを排除し振り切って進んでいく、そのひたむきさを悦子は怖いと思った。テンマ・カケルはゴール・ポストまで走りきってトライをきめ、大地の上で一回転した。

ランニングを終えて、メンバーが揃った。最後に駆け込んできた一年生の大西さんと市原さんの呼吸が落ち着いたのを見計らってボート部体操を始める。ヒメはおもむろにコーチから渡された練習メニューをヒラヒラさせた。

「えーと、今日からメニューが増えます」

どことなく嬉しそうだ。ヒメはコックスという役目を楽しんで、だんだんサディスティックになってくる。

「みんなのためやけんね、がんばろねー」

四人の漕ぎ屋と補欠二名は顔を見合わせた。リーはメニューを見てぶつぶつ言っている。

「この冬を乗り切ったら琵琶湖よ、リー、クマと一緒に楽しい船中泊」

顧問のクマはリーの憧れの人だ。

「ゴールして上陸したら、クマが、ようやったな、矢野、これが青春ぞ、なんか言うたりして」

ヒメはリーの肩を抱く。

「わー、あたし、感動して泣くかも」

「涙は心の汗なんだ、なんか言うかもしれん」

「臭いセリフやけど。ええわい、クマやったら、許そ。さ、練習、練習」

リーはメニューをヒメに渡し、いそいそとバック台に座る。

まず、十キロのバーベルをつけたバック台を引き、鉄棒で懸垂、何種類かのバーベルを使ったサーキット、腹筋、屈伸など、それぞれ三十回から百回までこなしていく。おもしろくもなければ楽しくもない。もともとボートそのものが、得点を競ったり、演技したりするものでなく、ただひたすら漕ぐという単調な競技ではあるが、冬の陸トレよりはましだ。とどめはラストのグラウンド十周。毎日タイムを測っているが、悦子はちっとも速くならない。

バック台の負荷は悦子がメンバーで一番重い。キャプテンだから、というわけでもないけど、なんとなく使命感に燃えて、すすんで十キロにした。別に七キロでも五キロでも良かったのだが、無理に平気な顔をしてこなしている。強い高校の選手にはまだ遠いが、少しでも筋力をつけたいと思ったのだ。メニューを決めるとき、「だいじょうぶか、腰、痛めせんか」とコーチの大野氏に聞かれたが、にっこり笑って大丈夫ですと言った手前、あとにひけない。悦子に二言はないのだ。

悦子は数学と地学とマラソンは苦手だ。走る前から辛くなる。今日もダッコに八周あたりで抜かれた。すれ違いざまに「ファイト」だの「がんばれ」だの声をかけられても返事ができない。ああ、もう、ほっといてくれ、かまわないでくれと思う。今日は生理なので、なおひどい。下半身がけだるく、歩いている生徒にさえ追い抜かれてしまった。先週、大野コーチが来ているとき、悦子は辛くて途中で走るのをやめてしまった。「途中でやめるんなら走るな！」と叱咤《しった》された。それもあって、倒れそうになっても「ええい、死んでも走ったる」と、とにかく完走だけはしている。練習を終えたハンドボール部の男子が、気の毒そうに悦子をよけて走っていく。ええ、ええ、どうせあたしゃ、こんな風ですよ、と、やや卑屈な気持ちになって、わざと自分の惨めな姿を強調するように走っていると、さらに情けない気分になる。これで残った体力を使い果たして、よれよれになって練習を終える。

新しい練習靴のせいで、小指が擦れて豆ができて痛い。足を引きながら、夕暮れの自転車置場まで歩いていくと、新体操部のモモちゃんが、誰か男子と、はにかんだように喋っていた。悦子の方が悪いことをしているように、遠慮がちに側をすりぬけた。自転車に鞄をくくりつけて振り返ると、男子と目が合った。関野ブーだった。関野ブーは視線を空《くう》に泳がせた。

そうか、そういうことか。自転車で走り出してからも、悦子の頭にセピア色にふちどられた二人の残像がこびりついていた。あの可愛いモモちゃんが、どうして関野ブーなんかに夢中になるのか理解できなかった。悦子はふと二人をテンマ・カケルと自分に置き換えてみた。だめだ、テンマ・カケルには自分はとうてい似合わない。悦子は首を振り振り自転車をこいだ。

関野ブーは近ごろは練習もせず、夕暮れの自転車置場でモモちゃんと会っている。そのくせ、他の運動部には「女子が練習するけん、俺らは練習できん」と愚痴っているらしい。悦子は急に不愉快になって必要以上に力をこめてペダルをふんだ。華奢《きゃしゃ》な肢体を伸ばし、長い布をつけた棒をひらひらさせている新体操部のモモちゃんの姿が頭の中でちらついた。

コーチの組んだトレーニングを生真面目にこなしている女子と違って、男子ボート部は農閑期の呑気さである。練習しているんだか、いないんだかよくわからない。プールの下の殺伐とした物置が男子の部室兼練習場で、悦子たちはバーベル・サーキットやバック台をそこでするのだが、関野ブーを見かけたのは一度か二度だ。気紛れにバーベルで遊んでいるだけで、水泳部と一緒に練習していたかと思うと、ハンドボール部に混じってボールを投げていたり、テニスコートでラケットを握っていたりする。他の男子部員にいたっては、姿すら現わさない。

商店街の入り口の金物屋で悦子は止まった。うす汚れた白犬が、脱走しようと思えばできそうな紐で店の外につながれている。うずくまったままで元気がない。自転車を降りて悦子が近づくとしっぽだけ振った。金物屋を覗くと、いつものおばさんがいない。薄暗い顔のおじさんはひとりで埃《ほこり》だらけの棚を掃除している。なんだかいつもと違い、空気が重い。おばさんの存在を失った店は油の切れた自転車のようにぎしぎしと動きが悪かった。

夕飯を食べながら、気になって尋ねると、金物屋のおばさんは魚屋の若い衆《しゅ》と浮気して駈落《かけおち》したのだとばあちゃんが言った。魚屋の若い衆は、若い衆といっても悦子にはおっさんに見えた。いつも頭にタオルでハチマキをして、やたらとダミ声をはりあげ、宇宙怪獣ピグモンに似た顔つきをしている。金物屋のおばさんだって頬の肉に目や鼻や唇がうずもれ、堂々とした三段腹の持ち主である。その二人がウワキしてカケオチした。悦子は恋愛というものは美しい二人がするものだと思っていた。ピグモンと三段腹のレンアイを想像しようとしたが、ぴんとこない。けれど恋愛は少女漫画やテレビドラマの中だけのものではなく、悦子の存在する世界で現実に繰り広げられている。

「キスなんて……挨拶みたいなもんよ」

机に向かって英語の教科書をひろげたとき、悦子は田中ちえみの言葉をふいに思い出した。田中ちえみはアヌーク・エーメに似た大人びた美人で、ときどき悦子でもはっとするほど色っぽい。

その言葉を聞いたのは修学旅行の夜だった。真面目な生徒ばかり集まった悦子の部屋は、消灯時間にきちんと電気を消し、規則正しい寝息が聞こえ始めていた。男子が遊びに来ていたのか、ときおり、隣の部屋から嬌声が聞こえていた。悦子はなんとなく落ち着かず、布団をそっと抜け出して、窓辺の板の間でお茶をすすっていた。すると、ちえみも抜け出してきた。ちえみは野球部の三年生とつきあっているという噂だった。とりとめのないことを喋っているうちに、いつか話題はお互いの恋愛経験になっていた。

「悦子、キスしたこと、ある？」

そういうことを聞かれるだけで、悦子は喉《のど》がからからになっていた。

「き……キス？　そんなもん、あるわけないやろ。あんたは？」

ちえみは片方の頬だけで薄く笑った。

「キスなんて……挨拶みたいなもんよ」

悦子は自分の頬に血液が集中していくのがわかった。

「悦子って、おぼこいねえ」

口紅も塗らないのにちえみの唇は紅で、艶をふくんでいた。ちえみは悦子の知らない川の向こう岸にいる。対岸から見ると世界はどんな風に見えるのだろう。ちえみはバドミントン部で、それでいて成績もいい。勉強と運動と恋愛の両立などという離れ業のできる人間もいるわけだ。

「いかん、予習せんと」と悦子はつぶやいて、英語の教科書を持ち直した。じきにアルファベットが霞んだ。まぶたに引力を感じる。

One word frees us from the weight and pain of life; that word is love.

わかるようでわからない。

Love is an incurable disease. No one who catches it wants to recover, and all its victims refuse a cure.

ますます理解できない。

I thought about him the very first thing on waking.

悦子はそのまま机の上に突っぷして眠っていた。テンマ・カケルと自分が校庭の隅の柳の木の下で向かい合っている夢をみた。はにかんで下を向いて、顔を上げると、テンマ・カケルではなく関野ブーがいて、馬鹿にしたように意地悪く笑っていた。

驚いて起きたらなぜかきちんとベッドの上にいた。まだ目覚ましが鳴る前なのに、悦子はあわてふためいていた。頬に冷たい水を叩きつけて洗い、とるものもとりあえず、家を飛び出した。眠ったようで、眠っていないようで、頭の中は焼けたエンジンのようだ。

昼食の時間に関野ブーがやってきた。テンマ・カケルにノートでも借りに来たのかと思ったら、まっすぐ悦子の席に近づいてきた。悦子はなぜか自分の頬が赤くなるのがわかった。

「昨日新体操部の奴から聞いたんじゃけど、ボート部の顧問、替わるぞ」

関野ブーは低い声で言った。

「え、誰に」

不吉な予感がした。

「倫社の福岡」

「えーっ、はせだのフク！」

立ち上がったとたん弁当箱がまっさかさまに床に落ちていた。はせだとは伊予弁で仲間はずれ、村八分を意味する。

「あーあ、もったいないことするのう」

関野ブーは落下した弁当箱を未練げに見た。

倫理社会の福岡先生は色の白いなよっとした風貌で、ネジが一本ゆるんだような喋り方をする若い教師である。「ボクは早稲田大学の政治経済学部卒でして」が口ぐせで、それがもとで生徒に嫌われ、はせだのフクと呼ばれている。今までボート部の副顧問だったが、小学校から大学まで運動部の経験はない。ボートレースの先生クルーで出場したときは、漕ぐ前にバランスを崩して海に落ちていた。クマはラグビー部のコーチをしているので、朝日レガッタに引率できないということになって、急にはせだのフクに顧問の役目がふられたのだった。

弁当を失った悦子は、財布を握りしめて売店に駆け込んだが、パンは売り切れだった。校則を破って正門前のタコ焼き屋でひとふね買って戻ると、関野ブーは悦子の弁当を食べていた。

「あ、いらんのやろ？　もったいないけん、俺、食うといちゃる」

見ると悦子の下敷きにご飯つぶや煮物の汁がべっとりついている。どうやらこの下敷きをしいて弁当を拾ったらしい。

「自分の弁当はどしたんよ」

「そんなもん、二時間目の休みに食うてしもたが」

人の食べ残しを、関野ブーはわしわしとうまそうに食べた。悦子はたこ焼きを残りの一個、というところまで食べ、ソースのたっぷりかかった大きなエビが乗っかっているのを発見した。

「ねえ、エビがついとるよ、サービスかなあ」

つま楊枝の先につけて、後ろの関野ブーに見せたら、手首をつかまれた。

「ちょっと待って、ネエさん、それ……」

「何よ、うるさいねえ、これはあげんよ」

テンマ・カケルがやってきて、じっと観察して言った。

「あの、これ、ひょっとしてゴキブリじゃない？」

それはまぎれもなくゴキブリだった。コクが自慢のソースにまみれてツヤよく光っている。一部の男子の間で昼休みに腕相撲が流行していた。取り組みを中断して、なんだ、なんだと連中が群がってきた。

「シノムラ、これ、食べたんか」

「あー、ほとんど食べとるがー」

「あそこのタコ焼き屋、鉄板の上でゴキブリが焼け死んどることあるけんな」

「だいじょうぶ、死にゃーせんよ」と言ったのはテンマ・カケルだ。

悦子が机の上に突っぷして身の不運をなげいていると、午後イチの英語の並クラスで一緒になるイモッチがはやばやとやってきた。松山東高校では、二年生になると、英語と数学だけ、三つの組をまとめ、成績上位者でひと組、その他の生徒を二組に分けて授業を行う。中間考査と期末考査の成績で学期ごとに編成が変わる。勉強のできる生徒じゃない組を平民クラスとか並クラスとか呼んだ。イモッチは「あー、ひとつ、ちょうだい」と、止める間もなく残りの一個を口に放り込んでしまった。男子たちがいっせいに振り向いた。

「ボート部は、全員、野性児やのう」

写真部の田宮は感心したように言った。放っといてくれ。

「なんなん、失礼な。どしたん」

何も知らないイモッチは幸せだ。

はせだのフクが琵琶湖に引率する。悦子はできるだけ感情を込めないで言ったつもりだったけど、練習が終わったあとの部室は重力が三倍になった。リーは口をへの字に曲げて黙ったままだ。

「でも、悪い人じゃないし」

ヒメはつぶやく。

「ちょっと嫌味なだけよね」

ダッコはマディソン・スクエア・ガーデンのスポーツ・バッグに汗で湿ったウェアを乱暴に突っ込んだ。

「でも頼りにはならん」

会話がとぎれて、部室の前のテニスコートからぱこん、ぱこんというラケットの音が妙にはっきりと聞こえてくる。クマに引率されてのびのび楽しい青春ドラマ、という朝日レガッタの図は消え、右も左もわからないはせだのフクを連れての重苦しい道中になりそうだった。

「あたしたち、七人で、強く生きていこうね」

メンバーはブタ神様の前で誓った。

*

二学期の期末考査の日程と範囲が発表された。四日前からボートの練習は休みである。まだ明るいうちに家に向かう。試験が終わったと思うとまた試験。もううんざりだと悦子は思った。気がつくといつもテストのワラ半紙が机の上にある。おかげで解けない問題は答えを捏造《ねつぞう》する創造力がついた。集団にまぎれているときには意識しないが、悦子はふっと醒《さ》めてしまうことがある。見慣れた風景、終わりなく繰り返されるだけの日常の中に閉じ込められている自分を見つけて、それが嫌になる。ゴールが見えない。毎朝、校門にたどり着くとつい方向を変えて、別の場所に行きたくなる。これでいいのか、と悦子は反発したい。だけど文部省に反抗する勇気もない。そんな度胸のある奴は制服を着て学校なんぞ通わない。

毎日毎日、人間の細胞は何万個も再生される。一週間もすれば、外見は同じでも、違う人間だ。この自分は今しかいない。一瞬の自分。この瞬間に感じていること、今、身体すべての血が逆流するほどときめくことだけに、夢中になってはいけないのだろうか。頬に触れる風の感触、道端で咲いている野の草の香り、十七歳の自分が感じている世界は、やがて失われていく。だからこそ、もっと、本を読んだり、映画を見たりしたい。大学生になってから、受験が終わってから。なくても生きていける、けれど大切なことを先送りして、自分をごまかしている。悦子はそんな気がして仕方なかった。大人に言われたからではない。自分で自分にやっちゃだめと鎖をかける小心さが嫌でたまらない。

ほったらかしにしていた志望校調査の提出日がせまっていた。未来は終点のない長い道で、先のことを考えると、不安がむくむくと湧いてくる。まだ起こってもいないことを心配してもしようがないじゃないか、と自分に言ってみる。どうしたいのか、どうなるのか。これといってとりえのない自分が、どう未来の地図を設計したらよいのか悦子にはわからない。

休み時間などにそれとなくクラスメートに質問してみると、公務員だの教員だの医者だの、ほとんどの同級生が自分の進路を決めている。呑気なふりをしていても、しっかりとした目的意識がある。だから受験にも自主的かつ積極的に取り組めるのだ。悦子はますます惨めな気分になる。

鞄を置いて風呂に入って出てくると、茶の間からおでんの匂いが漂ってきた。ばあちゃんのおでんは玄人《くろうと》の味である。じゃこ天、すじ肉、じゃがいも、こんにゃく、だいこん、卵、入っているものをいつも二セットは食べるのに、今夜はなんだか食欲が湧いてこない。

「どしたんぞ、お前」

心の奥を見透かされないように、蓋《ふた》をした。

「いや、あの、進路の志望、出さんといかんのやけど」

「愛大にせい、愛媛大学でよかろが」

いつも無口な父が、頭ごなしに言った。

「先生になれ」

父は悦子の偏差値も知らず、地元の国立大学に通い、教師になれという。小学校の先生になって、誰かと結婚して、子供を産んで。それが父の望む悦子の未来だ。悦子は黙っていた。

「なんかやりたいことでもあるんか」

　質問されると浮かんでこない。

「県外に出る言うたって、仕送りなんかできんぞ。そんな金、どこにあるんぞ」

　家の経済を考えると、ますます何も言えなくなる。

「悦子がここから通える学校に行ってくれたら、そりゃ助かるけんど」

　母はため息をつく。

「地元でも私立はいかんぞ。金が要《い》ろが。国立落ちたら就職せい。嫌やったら嫁に行け。浪人なんか絶対させんぞ」と父は声を荒げた。

「おなごの子が浪人なんかいくかや、見苦しい」と母も叫《わめ》いた。

「国立文系で志望、出しとくよ」

　そう言って悦子は自分の部屋へ引きあげた。石を背おわされたように背中が重かった。鞄から志望校調査の紙を出そうとしたら、ひっかかって破れた。いびつに欠けた不定形な紙の切れ端がはらりと床に落ちた。父はいつも姉よりも悦子を縛ろうとする。この家に、そして父自身に。セロテープで裏から貼り合わせたアンケート用紙に悦子は鉛筆で国立文系と書いた。書いたとたんゴミ箱に捨てたくなった。

試験も終わって、テストの結果が発表された。昼休み、教室の後ろに貼り出された科目別上位二十名の紙の前に、何人か群がっている。総合順位の上から二番目に中田三郎の名前を見つけて悦子はため息をついた。まったく、テンマ・カケルは藩校時代からの伝統、文武両道を完璧に実践している。絵に描いたような東高生だ。進学校なのにこの高校は文化部も運動部も活動が盛んだった。あまりにも成績が悪いと呼びつけてクラブをやめろと勧める担任もいたが、運動部に所属している成績優秀者もたくさんいた。テンマ・カケルはその筆頭である。体力を消耗する運動部でこれだけの成績を維持しているということは、東京大学一直線の安全ライン上にいるということだ。テンマ・カケルは、腕相撲の取組みの順番を待ちながら、新聞の社説を読みふけっていた。脳の余力が違うのだなあ、と悦子は感心してしまう。

しみじみと自分の世界が狭かったと悦子が思うのは、テンマ・カケル的な人間が、何人も学校にいるのを発見するときである。典型的なガリ勉はあまりいない。田中ちえみだってそうだ。可愛くて成績優秀なんて、天は二物も三物も与えている。神様、こんなことってアリですか、と悦子は青空に向かって叫びたくなる。こういうできすぎた人々の存在そのものが悦子を落ち込ませた。でも彼らには彼らなりのコンプレックスがあるらしく、テンマ・カケルは、何かの拍子に誰かが「ホントにきれいな顔しとるよね」と言ったら、「やめろよ、自分の顔、嫌いなんだよ」といつになく激しい口調で怒った。あんた、それ以上、何を望むの、と悦子は言いたい。

悦子は廊下に出て、窓の外の景色を見るともなしにぼんやり眺めていた。放課後の三者面談が胃を刺激する。期末試験の結果と志望調査をもとに、先生と親子で進路について話し合うのだ。二階の窓から見下ろすと、葉をおしげもなく散らしたイチョウが、身をむしられた骨だけの魚のように寂しげに佇《たたず》んでいた。

背後にざわめきがおこった。教室の後ろの引き戸がガタガタと開いた。振り向くと写真部の田宮が関野ブーに脇を支えられて、真っ青な顔をして出てきた。左手で右手を支えている。悦子はせっぱつまったようなテンマ・カケルをつかまえた。

「どしたん」

「腕相撲で、骨折したらしいんだ。すごいよ、骨の折れる音って初めて聞いた。とりあえず保健室、連れてくから」

腕相撲冬場所で、文化部の意地をかけて健闘していた田宮は、右腕の骨折で休場することになった。上腕の骨の単純骨折だった。折れた部分に金属を入れる手術をするという。もちろん入院だ。写真部といっても、田宮は空手二段で、関野ブーとはりあう東の横綱だった。テンマ・カケルによると、ふたりの力はほとんど互角で、骨折した一番は両者一歩も譲らない大勝負だった。一気に決着をつけようとした田宮が「どりゃー」と気合を入れたとたん、ポキリと上腕の骨が折れてしまったのだ。ノコギリで木の枝を切ったみたいに、気持ち良く折れていたらしい。学校が禁止するまでもなく、その日が男子腕相撲の永遠の千秋楽になった。

少し遅れて悦子の三者面談は始まった。田宮の病院に行ったりして、竹内先生にとっても大変な一日だったのに、先生はいつも通り穏やかだった。成績は相変わらずAからEの五段階評価のDランクで前途多難である。「まあ、お母さん、まだ先は長いですから」と竹内先生になぐさめられると、悦子はほっとする。落ちこぼれは自覚していても、やはり心は傷だらけだ。「悦っちゃんの面談は、なんか疲れるなあ」と母はぽつりと言い、重い身体を揺すって帰っていった。言葉の裏には、姉のときは気楽だったという気持ちが隠されているのだろう。そのくらいは悦子にもわかる。わかっていても勉強はやる気が出ない。

練習に出ると、リーは生理痛がひどく帰宅していた。鎮痛剤が間にあわなかったらしい。同じ女でもそれぞれに生理の重さが違う。リーの場合は七転八倒のヘビー級で試合の日程が出ると薬で生理の日程も調整していた。今日は初日で、あまりにも辛そうなのでヒメが帰らせたのだ。ダッコも三者面談で遅れてきた。「どうやった」と悦子が聞くと、ダッコは結局、理系でいけそうだと答えた。建築家になるのがダッコの夢なのだ。

「よかったね。そしたら、文系はヒメとあたしとイモッチか。あれ、ひょっとして、みんな教育学部？」

「そうらしいね。リーは医学部やろ」

「そうなん？　すごいね」

「医学部か薬学部か悩んどった。どうせなら医学部にせいって担任は勧めとるらしい」

「はー、贅沢な悩みやなー」

悦子は心の底からそう言った。

「ね、ね、あたし、今度の土曜日、練習休むけんね」

いつになくイモッチは弾んでいる。

「先輩、なんか最近、うきうきしてますね」

「広島にね、ツイストのコンサート、見に行くんよ」

イモッチのロッカーには世良公則《せらまさのり》のブロマイドが貼ってある。定期入れも下敷きも雑誌から切り抜いた彼の写真だらけだ。

「えーよ、えーよ、行っといで」

ダッコは甘い声であやすように言う。

練習が終わると悦子はいつもグラウンドを振り返る。最後に部室を出て鍵をかけ、ゆっくりと階段を降りる。そうするとテンマ・カケルがちょうど部室を出る頃なのだ。後ろ姿を見るだけで胸の奥がくすぐったくなる。気づいて欲しいような、振り返って欲しくないような妙な気分である。遠くからテンマ・カケルを見るのが悦子は好きだ。誰も知らないひそやかな愉《たの》しみである。早く海に出て潮風を感じながらオールを握りたいが、テンマ・カケルの後ろ姿が生活の中から消えてしまうのは悲しい。

明日から冬休みというある日、悦子はなんとなく気になって、帰りがけに田宮の入院している病院に行ってみた。薄暗い病室のドアを開けると、ベッドはもぬけのからだった。田宮は派手な縦縞のパジャマを着て中庭をうろうろしていた。片手は白い包帯でぐるぐる巻かれ、もう片方の手にはオートフォーカスのカメラを持っていた。

「何しよんんよ、あんた。うろうろしてかまんの」

「おふくろみたいなこと言うなや」

テレビのあるロビーには足にギプスをはめたおじさんや、首にプラスチックの器具を巻いたおばさんが座って所在なさそうに時代劇を見ていた。その姿を田宮は撮っていた。

「よう来てくれた、もう、わし、退屈で退屈で。さっきテンマ・カケルが来てくれた。ノートのコピー持って」

「テンマ・カケルがあ?」

「あいつには貸しがあるんよ」

「なに、それ」

「関野も毎日来るぞ」

病室に入ると田宮は看護師のことばかり延々と喋った。壊れたテープレコーダーみたいだ。今晩の夜勤のナースはキャンディーズのスーちゃんに似て可愛いので、用がなくてもブザーを鳴らすつもりらしい。病院の夕食は早い。食事が運ばれてきたので悦子が腰を浮かすと、田宮は「もう帰るんか」と人恋しそうに呟いた。

「おい、シノムラ」

「なんよ、なんかいるもんある?」

「関野に、もう気にするな、言うといて」

「うん、わかった」

「今度、中浦、連れてこいや」

「ダメよ、イモッチは世良さん命なんやもん」

病院の外に出ると冷たい風が通りを吹き抜けた。明日は新しいセーターを着ようと悦子は思った。

*

そして、年が明けた。元旦といっても昨日の続きの朝で、地球がひとまわりするだけではないかと悦子はいつも思う。それでもやはり、なぜかそわそわして薄暗いうちから目が覚めてしまう。京都から姉も帰省して、篠村家はフルメンバーになった。道後温泉で初湯をつかい、伊佐爾波《いさにわ》神社と石手寺に初詣して夜は花札大会というのがいつもの正月になる。

二日の午後はボート部の新年会である。十一時に艇庫に集合して、まず女子の部室でブタ神様に手を合わせた。冬休み中なので、みんな私服でいつもと様子が違う。がらっぱちの集団でもたまには薄くリップクリームを塗って、流行りの服だって着てみたい。冬支度をしても板戸の隙間から吹き込むのか、床は砂でザラザラだ。掃いたり拭いたり掃除が始まり、買ってきたおつまみやお菓子を古い大きな木のテーブルに並べる。火の気のない艇庫はじっとしていると寒いので、意味もなくうろうろしている。幽霊部員と化していた男子たちが忽然と現われ、飲み物を調達すると言ってどこかへ出かけていった。「こんなときだけのこのこやってきて」と気の短いダッコはもう怒っている。このところ男子部との関係は急速に悪化していて、一触即発の冷戦状態が続いていた。

階段を昇る音がして、ふと入り口に目をやると、ひげ面の男が立っている。それが安田さんだとわかったとき、悦子は思わずヒメと顔を見合わせてしまった。やがて去年卒業した先輩たちが集まってきた。見る影もなく太ってしまった人もいれば、どきっとするほど垢抜《あかぬ》けた先輩もいた。

「安田さん、あたしら朝日レガッタ行くんですよ」

イモッチはちゃっかり、かっこよくなった安田さんの隣に座っている。安田さんに面倒をみてもらった頃が、もう遠い記憶になろうとしている。やがて大先輩、寺尾さんが労研饅頭を持って現われ、コーチの大野夫妻や、松山中学時代のOBたちも顔を揃えた。

「天気さえ良かったら、三月に入ったら、週末だけでも出艇するか」

大野コーチが言ったので、悦子と後輩二人は思わず拍手してしまった。ランニング十周でいつも熾烈なビリ争いを繰り広げている三人である。

「大西と市原も、琵琶湖連れていくけんの。オールも新しいのがくるけん、がんばれよ」

後輩たちは嬉しそうに笑った。OB会長の前島さんが音頭をとって、悦子たちの朝日レガッタのために寄付を集めているのだ。前島さんは病院の院長で、ボートレースのときに人一倍盛り上がる熱血オヤジである。

「琵琶湖は横波があるから、海で練習してる方が有利かもしれない」

青木さんがぼそりと言った。テーブルの隅に座って、煙草もお酒も口にしないで、お茶ばかり啜《すす》っている。青木さんは東京大学に入ってからもボートを続けていた。不思議なことだが、慶應よりも早稲田よりも、大学ボートは東大が強かった。頭の中を真っ白にしてひたすら漕ぐという、あまりにもシンプルな競技と、何も考えないで、まっしぐらに知識を吸収する受験勉強には同じ種類の集中力が必要なのかもしれない。

全国大会。公式レース。まだ先だと思っていた朝日レガッタがそう遠くない現実として感じられた。夢が現実と地続きになると、どうして人は不安になるのだろう。大野夫人や同期で独身の福井さんはツアーを組んで琵琶湖まで応援に行くと宣言した。

「わしも行くけんの」

寺尾さんもきっぱりと言った。

「がんばれよ、俺らだって、とうとう県外では漕げんかったんやから」

先輩たちは口々に悦子たちにはっぱをかける。あれは奇跡に近いまぐれで、私たちには全国大会で通用するような実力なんてないんです。悦子はそう言ってずっしり肩にかかる期待をはずしてしまいたくなった。

「男子はシングル・スカルをやればいいんじゃないの」

話のほこ先が自分に向けられるのを避けるように、じっとうつむいていた関野ブーは、はじかれたように青木さんの顔を見た。新年会に現われた男子はたった三人。二年生が二名、一年生は一名だけだ。このままではナックルの維持はおぼつかない。シングル・スカルは悦子が入部したときからひびわれて、艇庫の壁にかけられ、世をはかなみ拗《す》ねたようにデカダンスな姿をさらしている。

「ほうじゃのう、シングル・スカルも買うかのう」

金のかかることは前島さんだ。戦前、戦後のフィックス艇がなくなったように、いずれは日本でしか競技のないナックルもなくなってしまうのかもしれない。木造の艇からプラスチック製の軽いシェルやスカルの時代になりつつある。やがて先輩たちの話題は同期のメンバーの消息に移り、冬の早い夕暮れが港山の海を茜色《あかねいろ》に包み、裸電球に灯をともすまで新年会は続いた。

篠村家の一年は温泉に始まり温泉で終わり、東高の学期は試験に始まり試験で終わる。教師たちはある種のサディズムを満足させるかのように、「範囲は二学期に習ったところ、全部じゃ」と宣告し、生徒たちが「あーあ」とか「えー」という悲鳴をあげると、片方の頬でにやりと笑う。二年生も後半になると慣れっこになって、ショックはやや少ない。

試験を終えた午後のグラウンドに、野球部のノック音が小気味よく響いていた。もう少しで単調な陸トレの冬とさよならだ。終わりが見えてきてほっとしたのか、練習に向かう悦子の足は軽かった。

「じゃ、バック台いこう」

悦子はシートに座り十キロのバーベルを紐で結んだとってを握った。筋力トレーニングはほぼこなし、西の空はもう夕日の色に染まりかけていた。

「オーリャ！」

気合を入れて思い切り足を蹴って、シートをスライドさせたとたん、悦子の背中に電気が走った。一瞬、動きを止めた。何が起こったかわからなかった。腰から背中にかけて痺《しび》れるような痛みが貫いた。

「ファイト」

「がんばれ」

「あと三本」

「お、オーリャ」

悦子はそのまま練習を続けた。何かおかしい。ただの筋肉痛ではない。練習を終え、部室の階段を昇るときも、背中の痺れたような感覚はまだ消えていなかった。悦子はそのまま自転車で家へ帰った。ときどき足先まで激痛が走った。こんな種類の痛さは初めてだ。風呂に入れば治るだろう。たかをくってその夜は早めに寝た。

翌朝、悦子の身体は固まっていた。指を動かしただけで腰まで響く。ベッドから下りようとしても、ほんの少し動いただけで激痛が走った。身動きできない。これは何なのだ。どうしたというのだ。時計はもう学校へ行く時間だ。「起きんかな」と階下で母の怒鳴る声がするが、声を出そうとすると痛くて涙がこぼれる。

「エツコぉー！　ええかげんにおしよ」

母は完璧に怒っている。それも仕方ない。悦子は一年生のとき、膨大な量の数学の課題をこなしきれず、あーもーどーでもええわい、とやけと度胸で眠ってしまい、ずる休みした前科がある。ドアに鍵がないのでベッドの足とドアノブを紐で縛り、金輪《こんりん》際《ざい》、開かないようにして立てこもったのだ。

「ちがうんよぉー、身体が動かんのよぉー」

でかい声を出すと腰を中心に背中全体が針で刺されたように痛いので、低く小さな声で言ってはみるが、母の耳には届かないらしい。

「なんなー、なん言よんぞなー、あれ、どしたんぞや」

町内中に響き渡るでっかい声だ。肥満気味の母は階段昇降が苦手なので、なかなか救出に来ない。

「もう、この大よもだが！」

よもだとは伊予弁でとぼけていい加減なこと。悦子のためにあるような言葉だ。勢いをつけて母はドアを開き、軽さのあまり廊下の窓ガラスに尻をぶつけた。涙を流してベッドから起き上がる悦子を見て、母の冷ややかなまなざしは変わった。

「そりゃ、ぎっくり腰ぞね」

ばあちゃんの判断で、日招《ひまねき》八幡大神社の宮司《ぐうじ》で整体師の老人に治療してもらうことになった。ベッドから階段までがとてつもなく長かった。階段を一段降りるごとに「アイタタ、アイタタ」と声をあげてしまう。情けない。ばあちゃんは倉庫の横に野ざらしになっていたリヤカーを出してきて、悦子に乗れと言った。父はあいにく車で外交に出かけていた。唇をかみしめてリヤカーに乗っていると、戦争中の病人のような気分になった。

「あんた、整形外科行ったら、入院せい言われるぞな」

日招さんはそう言った。

「骨盤がずれとる」

子供の時分から足をくじいたりして、悦子は何度かお世話になっている。早く治るが荒療治ですこぶるつきで痛い。その恐怖が過去の治療の痛みを呼びさまし、びくびくしている。横になり、片足を膝のところで曲げ、目を閉じていた。その姿勢になるのも時間がかかった。

「痛いぞな。痛いけんど、まず、骨のずれたんをなおさんことには。はい、身体の力、抜いて、らくーにして……息はいて……ハッ！」

日招さんが肩と骨盤に手を当て、逆方向に力を入れると、ボッコンと音がした。

「わーっ！」

悦子の叫び声で、順番を待っていた子供が泣き出した。

「やれ、たまげた。このぐらい我慢できんと、子も産めんぞな」

ばあちゃんに叱られる。

「骨を元に戻したけん、筋肉がつれて、しばらく痛いけんね。明日もう一回おいでな」

痛みというのは次第に快感に変わる種類のものもあるが、ぎっくり腰の痛みは苦痛のほかの何ものでもない。寝返りひとつ打つにも涙が出る。うとうとすると自分の動きで目が覚めた。それでも荒療治のおかげで、夕方にはなんとか動けるようになった。

次の日も学校を休んで、日招さんで整体治療した。痛みがおさまると睡魔がおそってきたが、眠りは浅く、現実と地続きの夢ばかり見ていた。なぜかひとりきり、海で練習していたら、スタートしたとたんオールが折れた。こっそり艇庫に隠して、後ろめたい気分で市駅にたどりつき、駅の階段を降りていくと、あると思った最後の一段がなくて、すうと足が滑る。母の大声で悦子は目を覚ました。

「中田くんが来てくれとるよー」

中田くんが誰なのかすぐにはわからなかった。トントンと足音がしてドアがそっと開いた。テンマ・カケルだ。

どうしてこんな姿をテンマ・カケルの前でさらさなければならないのだ。悦子の寝巻きは膝の破れた中学校の体操服である。着替える暇もなく、髪は寝癖だらけで、顔も洗っていない。病気になるならやはり結核かなんか、悲愴感漂い情緒のあるものがいい。ぎっくり腰はとうてい切ないロマンスにはならない。長い髪を風になびかせ、軽井沢のサナトリウムにいる透けるほど色白の少女なら、テンマ・カケルに似合うだろうに、ここは四国松山の洗濯屋で、わが身は色黒の剛毛ショートカット、病気はギックリ腰。現実は残酷でシュールなものである。

「いや、店の前まで関野と一緒だったんだけどね、あいつ、帰っちゃったんだよ」

妙な気をまわしやがって、と悦子は思った。

「これ、今日の授業」

テンマ・カケルはノートのコピーをどさりと床に置いた。そんなもの持ってきてくれなくたって、落ちこぼれの学校生活には影響ないのだ。

「関野の家って、ここから近いんでしょ」

「うん、すぐそこの材木屋」

「小っちゃい頃の関野ってどんな子供だったの」

「どんなって、でぶっちょで、ガキ大将で、意地っ張りで。あ、家のいちじくの実をとる競争しよって、ふたりで木に登っとったら、枝が折れたこと、あったな。でもケンカするとあたしの方が強かったけどね」

テンマ・カケルは声をたてて笑った。どうして自分がわざわざこんな話を持ち出すのか、悦子はわからなかった。やたらと照れ臭かった。

ばあちゃんがほうじ茶と日切《ひぎり》焼きをお盆に乗せて持ってきた。日切焼きはあんのたっぷり入った大判焼きである。伊予鉄市駅前にある日切地蔵の名物だ。ばあちゃんの世界に白いクリームと真っ赤なイチゴの乗っかったショートケーキはない。悦子は頭がくらくらした。

「ちょうど、父ちゃんが買《こ》うてきたんじゃ」

父ちゃん、と呼ぶ習慣もどろ臭く、悦子は恥ずかしかった。日切焼きはまだほの温かかった。家族が病気になると父は決まって日切焼きを買ってくる。風邪でも腹痛でも伯母の更年期障害でも変わらない。

「無理に食べんでもええよ」

「あ、俺、これ、大好き」

テンマ・カケルはぱくり、ぱくりとふた口で食べた。ばあちゃんはひどく嬉しそうな笑顔で、ていねいに何度もおじぎをして下がっていった。悦子の分までたいらげ、窓の外の景色を感慨深げに見渡してからテンマ・カケルは去っていった。

ひとりになると、悦子はそっと起き、さっきまでテンマ・カケルの触れていた窓に手を置いてみた。座っていた床に寝っころがって頬を触れてみた。テンマ・カケルの体温がまだ残っているような気がした。胸の奥にある湖に小波がたった。

四日目から練習に顔を出してはみたがウエイト・トレーニングはできなかった。ぎっくり腰は笑い話や洒落ではおさまらなかった。腰の故障はボートの選手にとって致命的なハンディだった。先輩の中にも、練習中や艇を持ち上げるときに腰を痛め、レギュラーを降りた人がいた。どうしても腰をかばい、腕だけでオールを引くので、パワー不足になる。一度これをやると、癖になってまた同じことを繰り返す。

どうしても腰のあたりの重くだるい感覚が抜けないので、整形外科にも通った。魔女の一撃。ぎっくり腰のことを医者はそう言った。痛み止めの薬を飲み、湿布する程度の治療しかなかった。そもそも背筋と腹筋のバランスが悪く、筋力が不足しているのに、それ以上の重いものを持ち上げようとするから、腰の骨がずれ、周囲の筋肉が痛むらしい。ボートの練習なんてもってのほか、とうぶん練習を休むように医者は勧めたが、そんなわけにはいかなかった。朝日レガッタがすぐそこまで来ていた。悦子はウエイト・トレーニングだけはずし、屈伸やランニングなど、できる範囲の練習に参加した。ヒメやクルーのメンバーに気づかれないように、から元気で声をはりあげていたが腰をかばっているのは見ればすぐにわかる。

「先輩、だいじょうぶですか」

「悦ネエ、無理するな」

「平気よ、もうなんともないもん」

心配されるのがうっとうしくて、尖《とが》った声になる。治ってくれ、なんとかおさまってくれ。悦子は祈るような気持ちだった。朝日レガッタがどんどん夢の向こうへ後退していることは、誰よりも、悦子自身が知っていた。

＊

まだ早い春を載せた瀬戸内の海は、規則正しい潮騒を艇庫まで運んでいた。終業式を終えると、悦子はまっしぐらに大手町の駅まで自転車を走らせ、電車に飛び乗った。海での練習は五か月ぶりだ。着替えるのももどかしく、波打ち際まで走った。砂はひんやりとして、焼け石のような夏の熱さにはまだ遠い。悦子はつま先で水を蹴った。鞄の中には、二年生最後のホームルームで渡された健康診断の結果が入っていた。重度の貧血、要再検査、とブルーのインクで書かれていた。幼い頃からじょうぶで大きい怪我も病気もなかったのに。よりによって朝日レガッタがせまった今、ぎっくり腰に続いて貧血が悪化するなんて、まったくついてない。なんでじゃ、と悦子は唇をかんだ。

洗いたてのソックスをはいてストラップを締めた。手になじんだオールの感触。思い切り腕を伸ばし、ゆっくりとブレードで水をつかんで一本引く。ウォーミング・アップはそうでもなかったが、コースを漕いでみると、どうしてもふんばりがきかない。無理をするとまた腰を痛めそうで悦子は怖い。たまった海水をスポンジに含ませて艇から出していると、コーチの大野夫人に大西さんとチェンジするように言われた。ほとんど漕いでいなかった。

春休みに入って数日過ぎた。その日は日曜日で、午前中から大野夫妻が来ていた。最もバランスのいいチーム構成にするために、シート・チェンジをしてタイムを測るのだ。不安定な艇の上で、アクロバットのように移動するのはなかなかスリルがある。動かない者は尻でバランスをとって協力する。海はまだ冷たい。落ちたら地獄だ。大野氏は艇に同乗し、大野夫人は陸から艇速の伸びやピッチを細かくメモしていた。悦子は三番、二番、バウとポジションを変えて漕いだが、悦子の座るサイドに艇の方向が向いてしまうのが自分でもわかった。力が効いていないから、バランスを崩して艇はまっすぐに進まない。ヒメは減速しないように小きざみにラダーを引いているが、コントロールしきれない。ストローク・サイドに座ると、補欠の二人が砂浜を黙々とランニングしているのが見えた。

「よし、ひとり漕ぎいこう」

大野氏の指示で慣れた整調に戻り、悦子から順に漕いだ。ひとりで漕ぐと、艇はさらに重く、腰にひびいた。

「整調、無理するなよ」

「はい、だいじょうぶです！」

「もっとフォワードとバックとって」

悦子は腰をかばって腕だけで漕いでいた。去年の秋ほど身体が動かない。

艇を岸につけて、悦子は大西さんと交替し、大野氏とクルーはまた出艇した。「身長は？」と質問されるたびに、「百六十九センチ」と大西さんは恥ずかしそうに言うが、実際は百七十三センチはある。足は部員の誰よりも長く、ボルトの位置を変えてシートを調節し、長い腕を伸ばして大きくポジションをとる。リーチが長く、ひときが長い。あら削りだがパワフルでしなやかな漕ぎだ。陸からあらためて見てみると、ただひょろ長いだけの身体に筋肉がついてきてたくましくなった。大西さんが加わると、クルーの平均身長はぐんと高くなる。スタート地点に向かったクルーがミドルでスパートをかけて、悦子の前を通り過ぎていった。ぐいぐい艇速が伸びていく。

悦子はなんだか拍子抜けした気分だった。自分がいないとクルーが困るというものでもないのだ。悦子の代わりはいる。世の中そういうものらしい。誰かひとり欠けたって地球はまわっていく。ほっとしたような寂しいような、妙な気分である。無理して漕ぐ必要はないのだ。ボートに執着しているのは自分だけだ。

岸辺に腰かけてぼんやりしている悦子の隣に、大野夫人が腰をおろした。

「シノムラさん、話があるんやけど」

切り出されたとたんに、何を言われるのか悦子にはわかった。

「腰の調子、どんなん？」

答えられなかった。感情が波のように溢れて唇が細かく震えた。海鳥がすぐ側まで飛来してまたすぐに飛び立っていった。

「大西さんと、レギュラー、交替しましょう」

言われる前に自分で言っていた。大野夫人は驚いて悦子の顔を覗き込んだ。

「そのほうがええと思います」

悦子は潔く終わりにしようと決めた。朝日レガッタは五月。あとひと月あまりしかない。もう時間がないのだ。いつもの海が目の前にあって霞んでいた。漕ぎたかった。辛くても苦しくても、全力でオールを引きたかった。つくづく、自分はあまのじゃくだと思った。熱いものがこぼれそうなのをがまんしていたら鼻から流れ落ちた。大野夫人は悦子の肩を抱いた。そのやさしさがよけいに悦子を切なくさせた。

「あなたがどんなに一所懸命だったか、みんな知っとるよ。あなたが、どんなに漕ぎたいか、私にはわかっとるよ」

目の前をクルーが通り過ぎていった。

「これで何もかも終わりになるわけじゃない。私と一緒に……」

大野夫人が言い終わらないうちに悦子は尖った言葉をかぶせていた。

「漕げないなら……オールを持てないなら、意味がないです」

この二年間は何だったんだろうと悦子は思った。費やしたエネルギーや時間はブラックホールに吸い込まれてしまったのだ。

「今日は、先に帰ります」

悦子は振り返らないで艇庫に向かって走った。ひとりきりで着替えた。これが自分のイージー・オールか。そう思うと悔しさでいてもたってもいられなかった。

松山市駅方面へ向かう電車に飛び乗り、ドアにもたれていると、見慣れた風景が後ろへ流れていった。もう、がんばらなくていいんだ。肩の荷がおり、ほっとしたのと同時に底なしの寂しさがおしよせた。突然テレビのスイッチを切ったように、がらんとした空虚な世界が全身を包んでいた。悦子は翌日から練習に出るのをやめた。

春は何か始まる予感に満ちている。菜の花やレンゲ草、ありとあらゆる草花が先を競って咲いている。悦子はそのエネルギーに圧倒されそうだった。港山には足が向かなかった。まだ退部届は出せないでいた。ヒメもダッコもリーもイモッチも、正式なシート・チェンジを知らされていない。悦子はヒメに電話して、体調が悪いのでしばらく練習を休むとだけ伝えていた。大西さんが気にしているとヒメは言った。気にすることはない、がんばって。他人事みたいに悦子は言った。

学校の近くの田宮医院が校医で、そこへ通うのが、残された春休み、悦子にとって唯一の日課になった。路面電車の停留所の東のゆるやかな坂を上りきる途中に、その病院はあった。消毒液と便所の匂いの混じった待合室にいると、ますます具合が悪くなりそうだった。茶色のべっこうぶちの眼鏡をかけた医者はちょうど父と同じ年代で悦子は好きになれない。茶色くごつごつした手で背中をぽんぽんと叩かれると、汚いもので触られているような気がする。胃や腸もチューブを呑んで調べた。結果はシロで、癌でも白血病でもなかった。成長期の女の子によくある鉄欠乏性の貧血で、別に悪い原因はなかった。毎月の生理や、急激にスポーツを始めたせいらしい。薬と鉄分注射を続けることになった。

注射だけの日は昼一番に行けばすぐ終わる。直径三センチはある注射器から血のように赤い鉄を注射されると、目はうつろになり吸血鬼になった気分だ。治療が終わって外へ出ると、ねずみ色のトレーナーを着た男が自転車を拭いていた。

「おう、シノムラ。どしたんぞ」

写真部の田宮がいた。無精髭をそのままにして、まるでおっさんだ。競輪場の車券売場に紛れ込んでも違和感はないだろう。ここは田宮の父親の病院なのだ。

「ゴキブリ食うたんか」

「……なわけないやろ」

貧血で注射に通っていると悦子は打ち明けた。田宮とはまるっきり緊張しないで話ができる。写真を見ていけと田宮が言うので、悦子はあがり込んだ。男子の部屋を見てみたいという好奇心もあった。

別棟になっている田宮の部屋にはベッドがなく、机の周りにはパネル貼りした写真が雑然と置かれていた。現像液の匂いが鼻をツンと刺激する。そこは押し入れを改造した暗室まである写真のための部屋で、田宮の寝室や勉強部屋は母屋《おもや》にあるのだった。田宮の父も兄も写真が趣味だったが、今は田宮ひとりが使っていた。秘密の研究室のようだ。悦子は写真がフィルムから印画紙に焼き付けられるものだと知った。夢中になって田宮の説明を聞いていた。

田宮の撮りためた写真を悦子は見た。白と黒で再生された町の風景は、次元の違う別の世界のように新鮮だった。

田宮は分厚く重みのある写真集を出した。

「それは土門拳、こっちは木村伊兵衛」

「写真って撮る人によってぜんぜん違うんじゃね」

「外国の写真家のもあるぞ。ほれ、マン・レイ。絵みたいやろ」

写真のことになると田宮は真剣で何でもよく知っていた。悦子は夢中になってページをめくった。そのうちに、田宮は、悦子の前に「ほい」と白い表紙の小さなアルバムを突き出した。

「母屋行ってコーラでも取ってくるけん、これ、見とけや」

田宮はにやにやして去っていった。悦子はなんだろうと思いながらアルバムを開けた。その中には関野ブーの写真ばかり並んでいた。顔をしかめてオールを引く写真。これは確か去年のボートレース。練習中にバック台の上でふざけて笑っている写真。黒部ダムの雪渓で空を仰いでいる写真。これは確か修学旅行のときだ。

田宮は栓を抜いたコーラを両手に持って戻ってきて悦子にすすめた。

「こぼすなよ、苦労して編集したんじゃけん」

「なによ、これ。あんたの作品集？」

「違わい。……あれ、お前じゃないんか？」

「え？」

「テンマ・カケルに頼んだん、シノムラやろ？」

悦子はコーラを噴き出しそうになった。田宮はとっさに身体で写真集を覆った。

「お前、関野とデキとるんやろが」

「なんで私があんなんと……」

私には別に好きな人がいる、と言いそうになり、悦子は慌ててコーラを喉に流し込んだ。頬が赤くなって火照っていた。冷えたコーラを一気に飲んだら、こめかみがキーンと痛んだ。

「ちょっとあんた、変な噂、流さんとってよ。ぜーったい、私じゃない！」

「まあええわい、テンマ・カケルに渡しとくけん」

「モモちゃんじゃ。ほうよ、新体操部のモモちゃんよ。あたし、見たもん」

「モモコはバレー部のあいつ、ほれ、あの拓南中学から来たあいつとつきあいよろが」

「誰じゃ、それ」

それから悦子と田宮の話は、誰と誰が交際しているかという噂に軸がずれていき、関野ブーのアルバムの依頼者は謎のままになった。

「写真って、誰にでも撮れるん？」

ならなかった。

「ねえ、あたしに写真の撮り方、教えてくれん？」

「そりゃ、撮れらい」

田宮は「ええよ」と軽く答えた。いずれにしても田宮医院には当分、通わなければならなかった。

それからしばらく、悦子は注射が終わると必ず田宮を訪ねてカメラの扱い方を習った。田宮はいるときもあったし留守のときもあったが、いればフィルムの選び方から、ピントの合わせ方、現像の方法など、ていねいに教えてくれた。

悦子の家の物置に古いカメラが埃を被って転がっていた。オートフォーカスではないので、面倒がって誰も使おうとしなかった。悦子はそれを持ち出して、ばあちゃんをモデルにして庭で写真を撮った。田宮に教えてもらい、どきどきしながら現像すると、お地蔵さんみたいなばあちゃんの顔が浮かびあがった。ピントはゆるくボケていたが、わざと効果を狙ってそうしたように独特の雰囲気になっていた。「なかなか、ええ味、出とるやない」と田宮に言われると、悦子はまんざらでもなかった。気をよくした悦子は、父の働く姿や金物屋の白犬など、目についたものの前で立ち止まってはシャッターを切った。初めての作品を引き伸ばしてばあちゃんに贈った。

「こりゃええわい。うちの葬式のとき使《つこ》てやな」

ばあちゃんはにこにこしながら写真を簞笥《たんす》の小引出しにしまいこんだ。

とうとう明日から新学期が始まる。試験があるというのに勉強もせず、悦子は部屋の窓から屋根に降りて、物干し台で昼寝している猫をファインダーからのぞいていた。物音がして、カメラに目をくっつけたまま振り返ると、母の顔が大アップでせまっていた。

「きしゃな、あんたはまた、そんないなげなことしよるんけ」

いなげとは伊予弁でおかしな、変なという意味だ。

「静かなけん、勉強しよると思たがな。ボート部の人ら、みんなでお見舞いに来てくれとるぞね。大野の奥さんも」

起きたまま梳《と》かしていない鉄腕アトムのような髪に、焦ってジェルをつけようと思ったらシーブリーズをふりかけてしまい、頭がスースーした。転がるように階段を降りて、居間の襖《ふすま》を開けると、おひな様の前でヒメが微笑んでいた。松山はひと月遅れで四月に女の節句を祝う。築数十年の薄暗い家にみんなをあげるのは気後れがしたが、もう手遅れだ。

「みごとなおひな様じゃね」

大野夫人は目を細めた。

「いや、それ、姉のなんです。あたしのは、横の小っちゃいの」

「身体の方はどんな？」

「ふつうに生活はできるんですけど」

悦子は病状についてとつとつと語った。田宮医師からは激しい運動を禁じられている。

「そろそろ海が恋しゅうなっとるんじゃないかね？」

「ええ、まあ……どうかなあ」

悦子はあいまいな笑みを浮かべて顔をふせた。涙をこらえるので精一杯だった。ボートのことはきっぱり忘れるつもりだった。気まずい沈黙が続いた。

ばあちゃんが手作りの巻き寿司と醤油餅を皿一杯に盛って出した。甘酒も運ばれた。

「ようけ食べてくださいや。年寄《としよ》りの作ったもんじゃけん、口に合うかどうかわからんけど」

「わあ、ありがとうございます」

四人の高校生は歓声をあげた。急ごしらえのひな祭り会になって、それきり誰もボートのことは話題にしなかった。みんながよく食べ、口々に料理を誉めるので、ばあちゃんはもう一皿、巻き寿司を切って持ってきた。

帰り際、玄関で靴をはきながら、大野夫人は悦子に聞いた。

「どう、そろそろ練習に出て来ん？」

悦子は答えられないで足をもじもじさせた。

「やっぱりキャプテンがおってくれんと……」

ヒメが言うと、ダッコもリーもイモッチもすがるような目で悦子を見た。悦子は視線を外して、父の雪駄を突っ掛けた。

大野夫人とボート部の仲間たちは、悦子とばあちゃんに見送られて夕暮れの商店街を引き上げていった。

「はっきりせん子じゃなあ」

ばあちゃんはそう言って悦子の背中を拳骨でとん、と叩いた。

新学期が当たり前のように始まった。進学希望別にクラスが分けられた。国立文系の悦子は四組になった。三年生は鉄筋コンクリート四階建ての校舎に教室がある。同じクラスにボート部のメンバーがいなかったので悦子はほっとしていた。廊下ですれ違いそうになってもなんとなく避けていた。テンマ・カケルは隣のクラスになった。二年生のときも成績順で振り分けられる授業が多かったから、悦子と同じ教室にいることは少なかったけど、いつも机の上にある置物を奪われたようで、悦子は寂しかった。

始業式の直後に三年生最初の実力テストが始まった。マークシート方式だ。化学はかんでもかんでも割れない石を無理に食べようとしているみたいに難しい。考えてもとけない。悦子は六角柱の鉛筆に番号をつけて転がし、出た数字で米つぶのような楕円を黒く塗りつぶした。なんだ、マークシート方式なんて簡単じゃないか。余った時間をもてあましながら悦子は思った。

教室には机に鉛筆の当たる音だけが響いていた。周囲の生徒と悦子の間には距離があった。映画かテレビでも眺めているような感じすらした。座っているだけで悦子の身体のまわりでぎしぎし音がしそうだ。自分だけ受験というものについていけない。

化学の試験は三十五点だった。出席番号順にテストを返された。悦子は後ろの女生徒に点を見られて焦った。

「今回はできが悪かった。平均は二十三点」

悦子は椅子から立ち上がりそうになった。鉛筆転《ころ》がしで三十五点。まともに脳に汗をかいて解答するよりよっぽど得点率がいい。

「最初のテストなので、親心でわざと難しくしといた」

教室からブーイングの嵐が起こった。やかん頭の化学の先生は口からつばきをとばしてがなった。

「君たちは受験のプロなんだ。どんなときどんな問題でもプロは戦って勝つんだ」

やかん頭は自分に酔っている。やれやれと悦子は思った。受験にプロもアマチュアもあるか。ファシストめ。タイムマシンで戦時中へ帰れ。自分の姿を鏡にうつして見てみろ。煽《あお》られれば煽られるほど、悦子は冷静になってやかん頭の饒舌《じょうぜつ》を観察し、白々とした気分になっていった。あんな大人になるのなら勉強しないほうがマシだ。

「シノムラさん、どうやったら、あんなええ点とれるん？」

点を見た女生徒が悦子に聞いた。悦子は何も言えなかった。

鉄筋コンクリートの無機質な教室にも慣れてきた頃、スポーツ・ホームルームがあった。グラウンドやテニスコート、体育館を割り当てられ、親睦のために運動をしようというのだ。一、二、三年、毎月一回は順番に回ってくる。

悦子の四組は七組とソフトボールの対抗戦をすることになっていた。

悦子が図書室から戻ってきたとき、教室にはもう誰もいなかった。写真関係の本をめくっているうちに休憩時間は終わっていた。悦子ひとり、出遅れていた。

悦子は廊下に出た。銀色の手すりにもたれて運動場に目をやると、同級生たちはみな集まって試合を始めていた。投手がアンダースローで投げた球を、バッターが器用にバットに当ててクリーン・ヒットになった。どよめきと拍手が起こる。まるで青春ドラマだ。みんなよくやるよ。白球が行きかうのを悦子はうつろな目で眺めた。

あの輪のなかには自分は入れない。しょせん自分は勉強も部活も落ちこぼれ。見た目も悪い。不器用で家庭科はいっさい苦手。性格も歪んでいる。協調性もない。こんな人間、世の中に存在する価値なんてあるだろうか。悦子は惨めさに浸った。それは陰気な愉しみですらあった。上から覗き込むと、真下は教員の自動車置き場で、どういう光の加減か、乗用車の白い車体に雲が映っていた。これもカメラで写せるだろうかと悦子は思いをめぐらせた。

そのとき、悦子は後ろから腕をつかまれた。振り向くと関野ブーが怖い顔をして立っていた。そういえば関野ブーは七組だったっけ。悦子はぼんやり考えた。

関野ブーは悦子の腕を強引に引っ張った。警察が犯人を連行するみたいだ。有無を言わせない強引さで、関野ブーは悦子の腕をつかんだまま階段を降りた。悦子はひきずられるようにして裏門を出た。

電柱の陰に50 ccのバイクが停車してあった。形だけは一人前にナナハンだ。関野ブーは悦子にヘルメットを渡し、自分はノーヘルでバイクにまたがった。そして、乗れ、というふうに荷台を手でぽんと叩いた。悦子は素直に従った。

関野ブーが強くキックするとバイクは発進した。振り落とされまいと悦子は関野ブーの背中にしがみついた。悦子より細かったはずなのに、いつのまにか厚みのあるたくましい身体に変わっている。かすかに日なたの匂いがした。

バイクはフルスピードで走った。悦子は固く目を閉じた。どこへ運ばれて行くのか見当もつかなかった。

ふいにバイクが止まった。潮の香りがした。悦子は自分が通い慣れた港山の海岸にいることを知った。

悦子はバイクを降り、海に向かって歩いた。艇庫の前の砂浜に大きな流木が流れ着いていた。春の海はのっぺりと凪いでいた。悦子は流木に腰掛けて海に向かった。ふいに高校に入学する前の春休み、生まれて初めてボートの練習風景を見た日のことを思い出した。寄せては返す波はおだやかで、あの日と同じだった。

どのくらいそうしていただろう。背後に人の気配がした。ヒメだった。

「悦ネエ、来てくれたん！」

ヒメの声ははずんでいた。悦子は照れくさかった。逃げて帰りたかったけど小銭入れは学校に残した学生鞄の中だ。艇庫の窓からリーとダッコが手を振っている。艇庫の引き戸ががらがらと開いて、他のメンバーも駆けよってきた。

艇庫の横のバイクはいつのまにか消え、関野ブーの姿はなかった。

みんなに取り囲まれるようにして悦子は女子の部屋にあがった。数週間、来てないだけなのに、なにもかも懐かしく感じられた。メンバーは我先に自分の練習着を悦子の前に突き出した。

砂浜のランニングは無理だけどボート部体操は悦子にもできた。バック台はできないけど回数を数えることはできる。艇は持てなくてもシートにオイルを差したりオールにグリスを塗ったりはできる。

いつもの時間にやってきた大野夫人は、悦子の姿を見るなり安堵したように笑い、「これでオールメン揃ったね」と言った。

準備が終わって艇を海に出した。悦子はバウの後ろに座った。悦子の替わりにレギュラーになった後輩の大西さんがバウを漕いでいた。悦子は悪くないなと思った。潮風に吹かれていると、心の底で澱《おり》のようにわだかまっていた黒い感情がしだいに消えていく。できないことを数えてなげくこともできる。できることに気がついてわくわくすることも。悦子は気持のベクトルが逆向きになったのを感じた。

家に戻ると悦子の部屋の机の上に薄い学生カバンが置いてあった。「関野の坊《ぼん》が持ってきてくれたぜ」とばあちゃんが悦子に教えた。ばあちゃんは、忘れたのか、わざとそうしたのか、このことを両親に知らせていなかった。

学活をさぼったことは担任の沢本にばれていた。さっそく翌日の昼休み、悦子は相談室に来るように命じられた。その部屋は生徒の間で説教部屋とか懺悔室とか呼ばれている。悦子が入るなり、沢本は西郷隆盛くらいでかい目をさらに大きくひんむいた。

「よもだもえかげにせい！　そもそもシノムラ、お前は協調性ちゅうもんがない！」

悦子はごもっともで、と頭を垂れつつ、心の中では大きなお世話だと口答えしていた。やっとのことで解放されて悦子が小部屋を出たとき、薄い壁で仕切られた隣のブースから「キー出せ」という声が聞こえた。「卒業式が終わるまで預かる」という声も。関野ブーも担任に叱られていた。相談室を出ると、廊下には田宮やテンマ・カケルたち男子がたむろしていた。田宮は悦子の側に寄ってくると「やっぱりお前らデキとるんやんけ」と耳打ちした。悦子は田宮を肘で押しのけた。

ボートを続けると家族に言ったら、父は語気荒く叫んだ。

「ちょうどええ機会じゃと思《おも》たのに。やめてちぃと勉強に身ィ入れや」

悦子は黙ってうつむいていた。父の言う通りかもしれなかった。

やがて悦子の貧血はおさまった。「完璧に治しちゃるけんの」と言い切った田宮・父は、検査の結果を見て、「よし、もう一生だいじょうぶじゃ」と宣言した。田宮・子のおかげで、写真の基礎も覚えられた。終わってみると悦子にとっては得るものの多い病院通いだった。

どんな最悪の出来事も決して悪いことだけ起こるわけじゃない。グリコのおまけみたいに、いいこともくっついてくる。終わりだと思ってもそれは本当の終わりじゃない。ただの区切りだ。そこから必ず別の何かが始まる。生きているかぎり、その繰り返しなのだ。

＊

海の道は琵琶湖へ続いている。神戸行きの客船は闇の底のつややかな黒い海面を、白い航跡を従えて進んでいた。いよいよここまで来たんだと悦子は深いため息をついた。気が立って眠れず、雑魚寝《ざこね》の二等船室から出てきた。甲板のてすりに腕を乗せて、ぼんやりしていたら、引率のはせだのフクが寄ってきた。

「探したぞ。こんなとこにおったんか」

はせだのフクは震えていた。

「海に落ちたらどうするんぞ。早う部屋に戻れ」

「ちょっと風に当たっとるだけやないですか」

「ええけん、頼むけん、早う寝てくれぇ」

悦子はしぶしぶ後に従った。はせだのフクは気の弱い小心者だ。生徒はただ単にネガティブなエネルギーのはけ口にしているだけで、嫌いぬくほどの人ではない。そもそも世の中に根っからの悪人なんて、そうそういるわけがない。みんないい人だから困る。

祭囃子《まつりばやし》が聞こえるだけでそわそわして落ち着かない悦子にとって、旅は興奮の極致である。ましてや全国大会出場である。旅行×試合だから興奮指数は四乗にふくらんでいる。もう発熱寸前だった。港山通いが復活した翌日から下着を購入し、救急用のバンドエイドから生理用品まで新しいスポーツ・バッグに詰め込み、家を出るときに「そりゃ乞食《ほいと》の宿替えじゃが」とばあちゃんに笑われるほどの大荷物ができあがっていた。でんと構えてみんなの精神安定剤になるんだと意気込んでいたが、これではメンバーをよけい落ち着かなくさせてしまう。

船室で横になっても、悦子は、グリスは足りるか、豆対策のサポーターの予備は詰めたか、などと心配ばかりしていた。ほとんど眠れなかった。

早朝六時、船は神戸港に着いた。シャッターの閉まっている商店街を抜け、国鉄の駅まで歩いた。眠いのでみんなあくびばかりしている。電車を乗り継いで、滋賀県大津市の琵琶湖漕艇場に向かう。宿舎はレース場の近くだ。国鉄から京阪電鉄に乗り換えてさらに電車に乗り、ようやく石山寺駅に着いた。はせだのフクは宿舎の旅館を探すが、駅前にあるはずの旅館がいくら探してもない。

「おかしいなあ、ないなあ」

フクはおろおろしてしきりに額の汗をぬぐった。

「ちょっと、先生、地図かしてください」

悦子が地図をひったくって見ると、宿舎は国鉄石山駅の前にある遠藤旅館となっている。

「先生、ここ、京阪電鉄の石山寺駅ですよ」

また電車に乗って二駅戻らなければならない。悦子はヒメと顔を見合わせた。ダッコは苛々してガムばかり嚙んでいる。

踏切が鳴り電車が来た。

「走ろう」

悦子たちは駆け出し、電車に飛び乗った。こういうことは港山の駅で毎日やっているのでなんでもない。

「先輩、フクがいません」

市原さんの声で走り出した電車の窓からのぞくと、はせだのフクはホームに取り残され、ぜいぜい息をはいていた。

「あーあー、とろくさいなあ」

「まあええ、後から来るやろ、子供じゃあるまいし」

悦子たちは自力で宿を探すことにした。

朝日レガッタの宿舎は、申し込んだ順番で大会本部によって振り分けられる。だからどんな旅館に当たるかも運のうちだ。贅沢なホテルを想像してはいないものの期待に胸は高鳴る。

「はよ部屋に入って足伸ばしたいなあ」

誰に言うともなくリーが呟く。国鉄石山駅からしばらく歩くと木造の古い建物があった。「あやー、この家、人、住んどるんやろか」と通り過ぎようとした、そのときである。

「ちょっと、悦ネエ、ここ……」

ダッコがその家の玄関を指さし立ち止まった。入り口の黒ずんだ板に、墨字で確かに遠藤旅館と書いてある。

「ん？」

悦子は首を傾げた。柱が傾いて壁にもたれかかっている。泥と埃で曇った飾り窓の中に、これまた埃だらけの招き猫がちょこんと座って「おいでおいで」をしていた。隣のパチンコ屋から、ぴんから兄弟の演歌が大きな音で流れてきた。荷物が急にずっしり重くなり、肩にくいこむ。

「ひょっとして、ここ……」

市原さんがおずおずと言った。

「連れ込み宿じゃないんですかあ」

入ろうかどうしようか迷っていると、玄関ががたがたときしんだ。

「おい、開かんぞ」

「ちょっと上にあげてみい」

立てつけの悪い玄関をやっとのことで開けて出てきたのは新田高校の選手たちだった。

「ちは！」

一日早く宿舎入りした選手たちは、これから練習に出かける様子だった。

「あの、ここ……」

「そうす、宿舎っす」

港山でよく見かける顔が次々に出てきた。おっかなびっくり中に入ると、土間になっている食堂に、松山東高校ボート部のＯＢでもある新田高校ボート部長の山川先生が座って、全体的に生活に疲れてしまった雰囲気の、人のよさそうなおじさんと喋っている。

「あ、あんたら、松山東高の生徒さんでっか？　どうぞどうぞ、お部屋はお二階です」

手で示された所に、昼なお真っ暗な階段がある。意を決してダッコが上がっていった。

「ひぃー」

ダッコが手から離したバッグが階段をず、ず、ず、と落ちてきた。

「どしたんよ」

中ほどまであがって、悦子も足がすくんだ。年とった女の亡霊だ。でもおかしい。足がある。目が慣れてみると、それは生きた人間だった。白髪をばさばさに振り乱したおばさんが箒《ほうき》を持って立っていた。

電気をつけても薄暗い六畳の部屋の畳に悦子は荷物を置いた。それにしても、どうしてこの部屋の床は傾いているんだ。四人のメンバーも呆然としている。

「電気つけよや」

遅れて入ってきたヒメが言った。

「つけとるんよ、これで」

リーはため息をついた。隣家に面して大きな窓はあるが自然光が入らない。気をとりなおしてお茶を飲むことになった。座るとなおさら二間続きのこの部屋が傾いているのがわかる。市原さんは不器用な手つきでお茶をいれた。さっきからみんな口数が少なくなっている。

「みかんでも食べよや」

悦子はテーブルに伊予柑を置いた。ごう、と表の道路をトラックが走ったら、建物は地震のように揺れ、伊予柑は床に落ち、転がってヒメの太ももに当たって止まった。とにかく座っているだけで際限なく気が沈んでいく宿だ。底なし沼のようにエネルギーを吸い込む。

「生徒だけで勝手に行動したらいかんが！」

いきなりかん高い叫び声がした。はせだのフクがようやくたどり着いたのだ。力まかせに襖を開けたので、桟から外れて倒れた。悦子ははせだのフクを廊下に押し出した。

「話があるんやったら、あたしが聞きます」

「よし、僕の部屋に来なさい」

迫力不足の足音をたてて、はせだのフクはいなくなった。

「なんよ、こんなときだけ先生ぶって、なあ」

ダッコはついに爆発した。まあまあ、と悦子はなだめる。

「ぎゃーっ！」

遠くではせだのフクの絶叫が聞こえた。きっとあの山んばに似たおばさんと遭遇したのだろう。

「みんな、練習まで時間あるけん、ちょっと横になってくつろいどき」

悦子は言ってはせだのフクの部屋に乗り込んだ。ヒメも一緒だ。部屋は洋室で、丸い形をしたダブルベッドが置かれていた。黴臭い湿った匂いがする。

「だいたいお前らはな」

お前ら、と言われた瞬間、悦子の怒りを抑えていた糸がぶっつり切れた。はせだのいた。フクにお前らよばわりされる筋合いはない。

「福岡先生！　試合前で緊張しとる選手を怒鳴りつけるとは何ごとですか！　だいたい先生がとろとろしとっただけで、あたしら、勝手に行動したわけじゃないでしょう。そもそも先生は頼りなさすぎます。これじゃどっちが引率しとるんかわからん！」

お説教するつもりのはせだのフクは、出鼻をくじかれて目をきょときょとさせた。

「とにかく、もっとしっかりしてください。お願いしますよ。ええですね」

ヒメがトレーナーを引っ張ったので、悦子は次に切る予定の啖呵《たんか》をのみこんだ。

「すまんのう……」

はせだのフクは肩を落としてしょんぼりしている。どっちが生徒だかわからない。

部屋に戻ると、残ったメンバーはすやすや寝息をたてていた。

昼近くなってから宿を出た。前日の練習は艇の数に限りがあるので、学校別に時間が決められている。新田高校は割当てが午前中だったので、前日に宿舎入りしていた。

琵琶湖漕艇場まで旅館から歩いた。はせだのフクは瀬田川にかかる橋を、はあはあいいながらついてきた。なんだか気の毒になる。運動部の鬼っ子のようなボート部の顧問の役は、先生の間でたらい廻しにされたのに違いない。

昼になったので試合場の側にあるゴルフコースのレストランで食事した。艇の割当ては三時なので、時間はたっぷりある。「ひとり六百円まで」と言うはせだのフクを悦子はさえぎり、「前島さんからお金、預かっとるけん、心配ないから。いくらでも食べてええよ」と、漕ぎ屋たちにメニューを渡した。

「大西さん、遠慮せんでかまんよ」

「じゃあ、わたし、スパゲッティ・ミートソースと、ハンバーグ」

悦子は大西さんのオーダーをメモした。

大西さんはいちばんの大食漢で、胃はブラックホール、腸はクラインの壺とからかわれていた。アメリカ車のように燃費が悪く不経済な体質だ。いつだってお腹をすかしている。

「……と、サンドイッチもいいですか」

カレーとエビフライ、ピラフとピザ、みんなダブルで注文するので、はせだのフクは目を丸くした。漕ぎ屋をやめた悦子はカレーの大盛りでやめておく。ヒメはサラダと野菜ジュースだけ。ヒメは自主的に減量している。コックスの体重は軽ければ軽いほどいい。余分な負荷を少しでも軽くして、スピード・アップするためだ。

通りに面したガラス窓から、大学のエイトが練習しているのが見えた。七人でユニフォームやオールを見て、強そうか弱そうか言い合う。日体大のピンクのオールはどうも気が抜ける。コックスのメガホンまでピンクである。黒いユニフォームに赤いオールの東大が、見た目にも強そうだ。

それぞれの料理が届いた。

「どうする、垂示」

「やっぱり、言う？」

ちょっと恥ずかしかったが、松山中学からの伝統をきちんと継承することにして、悦子がリーダーになって垂示を唱えた。

「目を閉じて……すいしっ！」

「すいしっ！」

「我がこの漕艇は」

ワンフレーズ言うたびに、全員で繰り返す。

「生死脱得の修行なれば、喪心失命を避けず、一漕一漕、まさに吐血の思いを為して漕破すべし、苟《いやしく》も左顧右眄《さこうべん》、いたずらに惰気慢心を弄《ろう》して精神の誠を汚すことなかれ」

「いただきます」

「ししょくししょく」

「至嘱至嘱」

目を開けると、周りの席のゴルフおじさんたちが箸を止めてびっくりしていた。

悦子とヒメの二人は大会本部の建物の横で、先に到着しているオールの梱包を解いた。漕ぎ屋と補欠の市原さんはお腹が落ち着くのを待ってランニングを始める。準備が終わると悦子がコーチ席に座って出艇した。コーチの大野夫人は明日来ることになっていた。整調リー、三番ダッコ、二番大西さん、バウはイモッチ、これが松山東の最終的なポジションだ。ありとあらゆる組み合わせでタイムを測った結果である。

琵琶湖の水は悦子の想像より汚なかった。噂どおり、特有の横波がある。鹿野川のダム湖とは違い、ふだん練習している海に近いくらいだ。

コーチから渡されたメニューに従って、ひとり漕ぎ、ペア漕ぎなどでゴール地点に向かった。スタート地点につける練習をした。風が強く、なかなか艇がまっすぐに着かない。

「かなり斜めにもっていかんといかんね」

「ほうやね。バウ、一本ロー。ありがとう。あ、二番ちょいロー」

ヒメは左右二本のヒモを微妙に引き、ラダーを操る。艇がふれるので、何度かつける練習もしておいた。落ち着いたところで、一本コースを引いた。

港山での練習でタイムを測った結果、大野氏の判断でオールは返さないことになった。一般的にはフォワードをとりにいくときは、ブレードを水面に平行にし、オールを返す。その方が風の抵抗がなく、艇が減速しない。松山東高校も男子はライトはそうして、スパートのときだけオールを返さないまま漕ぐ。新しいクルーも挑戦してみたが、リーは掌の皮がむけてしまうのでやめた。

コースは千メートルである。スタート直後は十本スタート力漕、スタリキを入れ、ミドルで二十本スパート、九百からラスト・スパートをかける。

「オールメン用意いいか。用意、ロー！」

悦子の号令で四人の身体が電気仕掛けのおもちゃのように動き始めた。シート半分の位置から小刻みにストロークを伸ばし、静止していた艇をスピードに乗せていく。

「スパート！　スパート！」

繰り返すヒメの声だけ力強くて、漕ぎにはあまりメリハリがない。スパートでない部分をライトで流す余裕などない。悦子はボート専用のストップ・ウォッチでスパートのピッチを測る。一本を引き終える時間をスパートではやや速くするが、速すぎるとかえってスピード・ダウンする。漕ぐリズムをとるのが整調の役目で悦子がずっとやってきたのだが、リーはやっと慣れてきたところなので速くなりがちだ。

「ピッチ三十九！　整調、もっと落とせ、落ち着いて引いていこう！」

「よしこい！」

リーから気合の入った声が返った。スロー・ダウンすると、タイミングが少しずれたが、すぐにまた四人の動きが合ってきた。コーチ席から見ると、やや左に傾く者、バテると腕だけで引きがちになる者、それぞれ漕ぎに癖がある。

「バウ、からだ、まっすぐに！」

「オーリャ！」

悦子はタイミングを見ながら、ヒメと一緒に声をかけていく。ミドルを過ぎると、フォームもピッチも安定してきた。悦子はなんだかいけそうな気もしてきた。

二本目のコース練習が終わると、イモッチとシート・チェンジさせて市原さんに漕がせる。不測の事態で誰かと交替というときのためだ。しばらく漕いで、今度はリーとチェンジする。市原さんはスイッチ・ヒッターのように、ストローク・サイド、バウ・サイド、どちらでも漕げるように練習してきた。オールの方向が逆だから、サイドが変わると微妙に感覚が違ってくる。補欠も大変だ。

練習時間いっぱいになって大会本部の方向へ艇の向きを変えた。

「悦ネエも漕いどいた方がええねえ」

ヒメがさりげなく言った。

「ほうよ、ほうよ、漕いどうきや」

悦子はためらったが、みんなが言うので、市原さんとチェンジして、久しぶりにオールを握った。上陸するまでの短い時間だったけど、みんなの気持ちが悦子には嬉しかった。

昼はうす暗かった悦子たちの部屋は、日が暮れると明るく賑やかになった。隣のパチンコ屋の電飾のせいだ。電気をつけなくても部屋全体が赤や黄色にあやしく染まる。悦子たちはデコラのちゃぶ台を囲んでサイケデリックに変化するカーテンを見ながら出がらしのお茶をすすった。ジャラジャラジャラという玉の音や、店内放送の声、有線放送の歌謡曲が切れ目なしに聞こえた。

漕ぎ屋から順番にお風呂に入って、あがってきた者から悦子がマッサージした。最後に悦子が風呂を使い終え部屋に戻ると、まだパチンコ屋の喧騒は続いていたが、みんな寝息をたてていた。悦子も布団にもぐり込んで目を閉じる。瞼の裏でネオンがチラチラする。閉店になるとやっと静かになった。悦子がうとうとしていると、「きゃっ」という声で目が覚めた。大西さんだ。寝ぼけたらしい。またすぐに規則正しい寝息になる。翌朝きいてみたら、カエルが足にとびつく夢を見たのだと大西さんは答えた。

朝食は新田高校と一緒だった。彼らの目標は優勝である。男子校なので女っ気はなく、選手は寡黙で、まるで禅寺の修行僧のようだ。悦子たちはいつものように垂示を唱えて味噌汁などすする。多少は緊張しているが、全員、食欲はいつも通りで悦子は安心する。食事を終えたころ、早朝の船で着いた大野夫人と、夫人と同期のコックスの福井さん、寺尾さんがやってきた。悦子もやっと心強くなった。大野氏は子供の面倒を見る役で留守番である。

濃紺の袖に二本、白い線の入った上着とトランクスに選手たちは着替え、赤いハチマキを締めた。床の間に飾ったブタ神様に向かって、七人、神妙に手を打つ。どうか予選を通過できますように。願いはただひとつだ。

五月三日、第三十一回朝日レガッタの初日、琵琶湖は晴れていたが風があった。松山東高校は部員不足で廃部寸前なのに、全国大会となると、こんなにいたのかと思うほど選手がいる。北海道から沖縄まで、大学、企業、市民グループの一般クルーをあわせると、エントリー総数は二百三十二クルー。地元の滋賀や京都、兵庫、関西圏の選手が多い。高校女子ナックル・フォアは三十三クルー。そのすみっこに悦子たち松山東高校がいる。

すれ違う選手は女子も男子もがっしりとして、一般的な高校生の縦、横、幅を一・二倍から一・三倍に拡大した体格をしている。愛媛県大会だけでなく、いつもながらどこへ行っても女子の中で体格的には松山東高校のクルーがいちばん寂しい。身長はまああるのだが、腿《もも》や二の腕の太さは比べものにならない。同じ愛媛県の代表、今治南と今治北の女子も、冬の間にひとまわり、たくましくなったように見えた。なんだか場違いで、招かれざる客のような違和感すらある。いまさら体格で気後れしても始まらない。

ボートの場合、試合の舞台になるコースは一キロと長く、野球やラグビーほど観客がいない。野次もなければ拍手もない。のどかで試合らしくない雰囲気である。ゴール近くの土手に座って悦子たちは男子の予選を見学した。新田高校はぶっちぎりで通過した。悦子たちは歓声をあげた。

「さあ、そろそろ、からだ、温《ぬく》めといで」

大野夫人に言われて女子の予選が近いことを知る。クルーは軽いジョギングをする。ふだん通りやればいいのだと言い聞かせても、選手の表情はどことなく硬い。クルーは体操をはじめ、ヒメはオールにグリスを塗り、悦子はカメラにモノクロームのフィルムを詰めた。

抽選で決まったレーンは四コース。予選三組目で、六校が出艇する。乗艇まぎわにトイレに行ったリーが悦子のところに血相を変えて走ってきた。

「ナプキン、持ってない？」

よりによって生理痛の激しいリーがなってしまった。他のチームはもうオールを持って艇に乗り込んでいる。リーと一緒にトイレに駆け込み、まず痛み止めを飲ませる。

「タンポンの方がええんじゃない」

「タンポンなんか、痛くて入らん」

「だいじょうぶ？」

「朝からなんかおかしいと思ったんよ。でも、今のところ、そんなにはお腹、痛くない」

「だいじょうぶ、もつ、もつ」

悦子も内心焦っていたが、できるだけ呑気な声で言った。

クルーはリーを待っていた。ヒメは大野夫人から最後の指示を受けている。状況を説明する暇もなく、ひとりひとり乗り込んでいく。乗艇場にエイトに出場する東大の青木さんが来ていた。日焼けした青木さんは黒いユニフォームがよく似合う。

「順位なんか気にするな。落ち着いて引いてこいよ、いけるいける」

「ハイッ」

ひときわ元気な声をはりあげたのはイモッチだ。

横づけされた艇に乗り込んだ漕ぎ屋たちは、洗いたてのソックスに足を通した。悦子たちはヒメの編んだ分厚い毛糸の靴下を愛用しているが、高校によって靴を使っていたり素足のままだったり、まちまちである。バウと三番のオールを押して、その反動で艇は水の上にすうっと離れた。出艇する高校のうち、松山東高校クルーはいちばん最後で、あたふたとスタート地点をめざしていった。

クルーを見送り、市原さんの方を振り向いたとたん、足元に何かが落ちた。ナプキンだ。肩にかけたバックパックのファスナーが開いていたらしい。はせだのフクが拾おうとするのを振り払って悦子は素早く拾った。青木さんは目のやり場に困っていた。

全長一キロのコースは、一か所では全体を見通せない。禁じられているが、自転車で伴走し、トランシーバーでゴール付近にいるコーチと連絡を取り合っている学校もあった。大野夫人と相談して、持ち場を決める。ゴール地点で大野夫人と福井さん、寺尾さん、はせだのフクが待ち、悦子はミドル、スタート地点には市原さんが立つことになる。レースに向かうクルーを見ていた大野夫人が呟いた。

「からだが揃って、きれいに漕げとるね」

市原さんと並んで歩いていると、予選一組が通りすぎていった。どこの高校か、コックスの叫び声を聞くと、嫌でも動悸が激しくなってくる。ちょうど中間地点で悦子は立ち止まった。市原さんはさらにスタート地点まで駆けていった。自分は何もできない。できるのはクルーを信じることだけだ。予選二組はデッド・ヒートで上位三校が抜いたり抜かれたりのきつい戦いを展開していた。大会本部の拡声器から二組のゴールのアナウンスがあり、予選三組のスタート五分前を告げた。風が強い。ヒメはきちんとスタート地点につけただろうか。リーは生理痛に耐えられるだろうか。悦子はいてもたってもいられない気分だった。

「高校女子ナックル・フォア、予選第三組、スタート一分前」

悦子は目をこらしてスタート地点を見た。

「用意いいか。……用意、ロー！」

大会本部のスピーカーから雑音に混じってスタートの様子が小さく聞こえるが、詳しい状況は、よくわからない。悦子には一秒が一分の長さに感じられた。二位まで予選を通過できる。せめて三位につけてくれていたら。もどかしさで、四百のブイまで歩いていた。風にのって、各校のコックスの絶叫が聞こえてきた。真っ先に見えてきたのは、赤いブレードだった。間違いではないかと悦子は目をこすった。四コース、松山東高校のクルーだ。みんな力漕している。ピッチも落ち着いている。ちょうど一艇身あいて、ぴったり次の艇がつき、反撃のチャンスを狙っている。二位と三位にもほとんど差がない。

「ひがしこー、ファイト！　いけるよ！」

悦子の声は歓声に紛れて届かない。いつの間にか足が動いていた。艇と艇がくっついているかのように差が開かない。逃げろ。逃げ切れ。唇が震えた。風は追い風で、走っても艇速には追いつかない。次々に艇が悦子を追い越していった。審判艇の後を追って悦子は全力で走った。スタミナのないクルーは後半に弱い。二位までは予選を通過できるし、負けても敗者復活戦がある。今の悦子にできることは、どんな結果になっても、笑顔でクルーを迎えることだ。

騒ぐ胸をおさえながら、悦子がゴール地点にやっとの思いでたどりつくと、大野さんと福井さんが笑顔で待っていた。

「やったよ、一位で予選通過」

悦子は急に息苦しくなって、膝頭を押さえてうつむいていた。遅れて市原さんが戻ってきた。

「シノムラ先輩！　どうしたんですか、ダメやったんですか」

「だいじょうぶ、一位。予選通過」

ふだんは感情を外に出さない市原さんがとびあがって喜んだ。呼吸が落ち着いてから、悦子は肩にかけたカメラに気づいた。一回もシャッターを切っていなかった。

「やった、やったがぁ！」

すっとんきょうな声をあげて、はせだのフクは市原さんにとびつき、冷たく突きとばされた。手ばなしで喜んでいるのは、陸から見物していた者だけで、レースを終えた当の漕ぎ屋たちは、意外に淡々としていた。考えてみたら、一位でゴールしたのは初めてだった。体操をしているうちに、勝った実感が湧いてきたのか、漕ぎ屋たちの表情が輝いてきた。勝ち負けのほかにも大切なものはある。けれど、やはり勝つのは無上の快感には違いない。

その夜、遠藤旅館の食堂は限りなく平和だった。空気が軽い。新田高校のシングル・スカルも、みんな予選を通過していた。選手はみんな、よく食べたので、ご飯の入ったジャーはすぐ空になってしまった。

「横風や向かい風やったらしんどかったけど、追い風やったからよかった。みんなからだがおうとって、ラダー、ぜんぜん引かんかったもん」

ヒメは白いご飯をゆっくり口に運んだ。

「でも一位とは思わんかった」

「自分のブレードしか見てなかったけんね」

みんな口々にレースの感想を喋った。

「リー、お腹、痛くない？」

悦子は小声で聞いた。

「それがね、あんまり痛くないんよ。気が張っとるんかなあ」

悦子はほっとした。

明日は準決勝だ。二位まで決勝に進める。コースのコンディションの違いを差し引いて予選のタイムを比べると、厳しい試合になりそうだった。勝つか負けるか、結果は天にまかせて、いっせいに泥のように眠って、朝が来た。

起床時間になっても、リーは寝床から起きてこない。布団の中でからだをエビのように丸くして、身動きしない。鎮痛剤を飲んだが夜明け前から生理の激痛が始まり、一睡もできなかったという。準決勝は十時からだった。

選手たちは黙って、いつものように顔を洗って着替え、朝食をとった。みんなの心に不安の小石が落ちて、小波を立てていた。大野夫人は松山の大野氏と電話で相談していた。

「どう、矢野さん？　いけそう？」

大野夫人と福井さんはリーの枕元に座って言った。リーは上半身だけ起き上がろうとするが、「いたたた……」と身をよじって、また倒れてしまう。

「よし、メンバー・チェンジするよ」

大野夫人がきっぱりと言って立ち上がった。全員、しんとして聞いていた。

「整調中浦、バウ市原、二番、三番は変更なし」

二番、三番はクルーの主力エンジンなのでそのままキープして、本来のチームの力と大差ないように、という大野氏の指示なのだ。漕げるものなら、悦子が替わりたい。

「あたし、整調？」

イモッチは自分を指さして言った。たまに整調とバウをチェンジした練習もしてはいたが、一年生からずっとバウのイモッチは、ストローク・サイドは苦手だ。リーのユニフォームは市原さんには少し小さかった。突然の変更で、いちばん動揺している。朱色のハチマキがなかなかしばれない。悦子は手を貸してやりながら言った。

「みんなと一緒に練習してきたんやもん。だいじょーぶ、だいじょうぶよ。気楽にいつも通り漕いどいで」

　後輩たちには来年がある。全国大会の雰囲気に慣れておくことも大事だ。ベスト・メンバーでぶつかっても、準決勝通過は難しい。だったら来年のために、大西さんと市原さんに琵琶湖を経験させておいた方がいいのだ。悦子は心のスイッチを切り替え、自分を納得させた。

「ごめん、こんなときに……」

　リーは顔をしかめ、痛みに耐えながら、泣きそうな弱い声で言った。悦子も残ろうとしたが「病気じゃないからレース場に行って」と言うので、ひとり残して宿を出た。

　花曇りで、風の向きが昨日と逆だ。ということは逆風になる。ときおり、悦子はつまらない冗談を言ってみるが、誰も笑わない。とくに市原さんは緊張して能面のような顔つきになっている。

「バウ、あたしについといで」

「ハイッ！」

　ダッコに背中を叩かれて、市原さんはやっと笑顔になった。

　準決勝も悦子は五百のブイで待った。忘れないように、今度は初めからカメラを構えて待った。

　審判艇の合図で準決勝一組が始まった。ぐいぐいと近づいてくる上位グループは接戦で、三位までほとんど水があいていない。でも、その中に赤いブレードはなかった。二艇身遅れて松山東がきた。後ろの三校にも差がない。じりじりと差がつまっていた。悦子は夢中でシャッターを切った。風景がにじんでいたのはレンズのせいじゃない。周りで叫ぶ声も、話し声も遠のいて、何も聞こえなくなった。ぜいぜいとお腹で息をしながら、これでどうだ、これならどうだと、足を蹴りオールを引き寄せるレースの感覚がからだのすみずみまで蘇《よみがえ》った。六人目のクルーになって一緒にオールを引いていた。風になって一緒にゴールまで行きたかった。

「ご苦労さん、みんなようやったよ」

　乗艇場で、イモッチから順番に、選手は大野夫人と握手して上陸した。結果は四位だった。みんな疲れきった顔をしていた。重くみじめな敗北の苦さ。何度も経験してきたけれど、嫌なものだ。でも、クルーは晴れ晴れとした表情だった。

　まだ足りなかったかもしれない。もっとできることがあったかもしれない。だけどそれが悦子たちの精一杯だったのだ。試合が終わると、ほっとして、緊張の糸が切れた。悦子の肩から力が抜けていき、楽になった。夜になるとリーの腹痛もおさまって、いつもの笑顔が戻った。

決勝の日は、見物人も増えて、朝日レガッタの会場はお祭のような雰囲気だった。悦子たちは、試合がないぶん、いくらかリラックスして、ナックルやエイトの試合を観戦した。新田高校は順調に勝ち進み、本当に優勝した。宿のせいではない。環境のせいではない。コーチのせいではない。すべて自分たちが引き寄せた現実なのだと悦子は思った。

宿のおじさんも決勝戦を見に来た。新田高校が先頭でゴールすると、山川先生の手をとって喜んだ。

「うちは選手さんをお泊めするような宿ではないんですけどね、旅館組合から、どうしても空きがないと頼まれましてん。隣はパチンコ屋で騒々しいし、心配してたんやけど、優勝しはってほんまによかったですわ」

おじさんは寺尾さんとすっかり仲よくなってそう言った。

高校女子ナックル・フォアは美方高校が優勝した。四分二十八秒のドラマを悦子たちは息をのむ思いで見まもった。美方高校はダイナミックな漕ぎで、スパートをかけても四人の漕ぎ屋の動きに乱れがない。強いクルーはフォームに癖がない。いかにも必死で力漕しています、という感じのクルーは艇速があまり伸びない。二位は同じ愛媛県の今治南高校、三位は今治北高校だった。全国大会の壁はまだまだ悦子たちには高く越えられなかったが、上位にくいこむ高校と一緒に県大会を戦っているのだと思うと、胸を張って歩きたい気分になった。

一般男子のエイトでは青木さんのいる東大が優勝した。小型のナックル・フォアと違って、八人の大男が漕ぐエイトの試合は勇壮で迫力があった。独特のリズムに乗って流れるように水面を滑るボートを、悦子はあらためて美しいと思った。古代エジプトの奴隷の苦役から始まったボートは、洗練された競技になって、今、目の前にある。ダッコとリーは大学生になっても続けたいと言い出した。

すべての試合が終わり、閉会式も終わった。琵琶湖漕艇場は、あっという間に選手が散って、ひっそりと静まりかえった。初日にはまだ咲いていた遅咲きの桜の花びらが、ひらひらと風に舞っていた。終わった。みんな終わってしまったんだなと、悦子は感傷的な気分になった。

そのまま荷物をまとめて、あわただしく宿を出た。帰りは新田高校の選手や寺尾さん、大野夫人、福井さんも一緒だ。全員揃って、遠藤旅館の前で悦子が写真を撮った。おじさんにお礼を言うと、むやみやたらに恐縮していた。そして、玄関の埃だらけのまねき猫の横に立って、何度も何度も律儀におじぎを繰り返し、選手たちを見送ってくれた。

＊

朝日レガッタが終わると、悦子はまた、まとわりつくような虚脱感に包まれていた。見慣れた部屋。学校という箱庭。潮と便所の消毒薬の匂いの混じった艇庫。変化のない似たような場面が、少しずれただけで繰り返された。

その午後は大地を叩きつけるような雨が降っていた。中間テストの前なので海には行かず、陸トレの予定だったが練習中止にした。悦子は県立図書館に寄ることにして、堀之内に向かった。

自習室は混んでいた。いちばん後ろの席に座って、悦子は古典の教科書を開けた。る、らる、る、らる、す、さす、しむ。繰り返していると冬の物干しで鳴る錆びた風鈴のようだ。すぐに飽きて、書棚の間をぶらぶらしていたら古い肖像画を集めた写真集が目についた。ジュリア・マーガレット・キャメロン。顔だけのクローズアップ。撮られた人の気や性格、暮らしぶりまで読みとれるような写真だ。自分もこんな写真を撮ってみたいと悦子は思った。写真集を眺めていると時間が止まる。受験勉強は相変わらず好きになれない。上手な答えの当て方がわからない。

閉館のアナウンスが流れた。本を戻し、急ぎ足で席に戻って荷物をかたづけた。前の席の生徒は一刻を争うかのようにノートを鞄に詰めている。ふいに白いノートが落ちて床を滑った。悦子は足元に広がったノートを拾いあげた。それはノートではなくアルバムだった。関野ブーの笑顔が写真の中で静止していた。悦子の前に立っていたのはテンマ・カケルだった。一瞬、表情がこわばり、テンマ・カケルはあきらめたように微笑んだ。

悦子はテンマ・カケルと並んで堀に沿った土手を歩いた。松山城を囲む堀の濃い緑の水面を雨が打ち、水の冠がつぎつぎに生まれては消えた。木々の青い葉が傘になって、雨足をおだやかにしていた。テンマ・カケルは前を向いたまま言った。

「もう、わかっただろう」

「え、何が」

悦子は自分のつま先を見ながら歩いた。

「僕、関野のこと、好きなんだ」

テンマ・カケルは思い切ったように言った。

悦子は泥で汚れたローファーの先を見ていた。

「初めて逢ったときから、ずっと、好きだったんだ」

ふいにテンマ・カケルは立ち止まった。

「変だろ？　男しか好きになれないなんて、おかしいだろ？」

「そんなことない。男の子が男の子を好きになったらだめってこと、ないと思う。そういうのもアリだと思う」

自然にその言葉が出ていた。突き刺すような痛みが悦子の胸を貫いた。割れたガラスのかけらを呑み込んだみたいだった。修学旅行で関野ブーとふたりになるのを嫌がったのは、悦子のことが好きなわけではなく、好きな人とふたりきりになるのが恥ずかしかったのだ。悦子のお見舞いに突然現われたのも、関野ブーの家を知りたかったから。みんなすべて理由は関野ブーだったのだ。

振り向いたテンマ・カケルの頬に、水滴がぽとんと落ちた。悦子はさしかけていた

傘を離して、長身の男の子を抱いた。ふたつの行き場のない想いがふわふわ漂ってい
た。テンマ・カケルは悦子の肩に額をつけて、何かに耐えるようにじっとしていた。
悦子はそっと髪をなでた。さわさわと、木々の葉を雨がやさしく叩いて音をたてた。
髪も制服もしっとりと濡れていた。水に洗われた柳は緑を濃くし、くっきりと鮮やか
だった。どのくらいそうしていたろう。ゆっくりとテンマ・カケルは離れた。悦子が
差し出したハンカチで、テンマ・カケルは顔をぬぐった。
堀をひとまわりして県立図書館の自転車置場まで歩き、悦子はテンマ・カケルと別
れた。傘もささずに走り出した。雨が銀色のサドルを伝ってはすべり落ちた。もっと
激しく雨に打たれたかった。そのとき、自転車のタイヤが滑って、アスファルトの道
路に全身を強くぶつけた。道端につぶれた空き缶が転がっていた。悦子はそれを拾い
あげて地面に投げつけたい衝動にかられた。腕をあげたまま、身体が固まっていた。
悦子は情けない格好で道に寝ている自転車を起こした。誰かに恋をしてみたかった
のだ。相手なんて誰でもよかったのだ。悦子はそう自分をなぐさめた。胸の奥の痛み
は消えなかった。すでに青い闇と人工的な白い街灯の光線が交錯していた。天を仰い
だら、隙間風のように息がもれた。空はおんおん泣いていた。バイクが忙しそうに悦

子の側を走りぬけていった。

悦子はテンマ・カケルへの思いをナイフで切るようにすっぱり断ち切ることができなかった。三年生の教室のある校舎と、ちょうど向かい合わせにある物理室にいるときは窓の外ばかり見ていた。廊下を歩いていても、テンマ・カケルの姿を探していた。

キャプテン兼マネージャー兼補欠の、ボートに関わるあれこれが悦子には救いだった。高校総体、ボートレース、国体予選、すべてに最後のという冠がついて、高校生活はまたたく間に残りわずかになっていった。松山東のクルーは善戦した。悦子は結果的には自分が抜けてよかったのだと思った。高校総体は三位、国体予選も三位、どうしても今治勢には歯がたたなかった。一年生が二人加わって、一人は応援を頼み、悦子がコックスになってBクルーも出したが、大差でビリになった。悦子は二度と公式戦で漕ぐことはなかったが、女子ボート部は悦子たちの代だけで立ち消えにならないで、なんとか続いていきそうだった。

絶滅寸前なのは男子の方だった。冬の段階で関野ブー以外は幽霊部員と化し、春になると、とうとうみんな退部してしまった。関野ブーは総体も国体予選もシングル・スカルに転向して参加した。前島さんの集めた寄付で新しいシングル・スカルが購入されていた。出艇数が少ないので決勝まで残ったが、優勝は朝日レガッタにも出場した新田高校の選手がさらっていった。一人漕ぎで、二本のオールを使うシングル・スカルはバランスが悪く、慣れるまで関野ブーはよく沈《ちん》してずぶ濡れになっていた。体力もパワーも負けてはいないのだが、一年生からシングル・スカル一筋の選手にはどうしてもかなわなかった。コーチもいないのに、関野ブーはよくやったと悦子は思う。あいつはあいつでボートが好きなのだ。

海水浴客のためのブイが並び、海は夏色に変わった。ヒメはがたがたと建てつけの悪い窓を開けた。国体予選から戻ったオールの梱包を解けば、それで悦子たちは引退だ。

「とうとう、引退までやったねえ」

悦子はつぶやいた。

「ほうよ、あたしなんか初めは助っ人のはずが」

ヒメも感慨深げだった。愛敬もあるが度胸もあって、おっとりとみんなを包んでくれたヒメにどんなに助けられたかしれない。ダッコ、リー、イモッチ、いつの間にか気のいい仲間たちが悦子のまわりにいた。数式や化学記号は忘れても、ボートがくれたものは、きっといつまでも残っていくのだろうなと悦子は思った。

座敷のテーブルに朝日レガッタや高校総体で悦子が撮った写真を並べた。遠藤旅館の前の集合写真にリーはしみじみと見入っていた。白と黒で焼き付けられた記憶の断片は、それぞれの心の風景と重なり合った。

「悦ネエ、腰、もうええんやろ」

「うん、ここんとこ、調子ええよ」

「出艇しよか」

ダッコがはずんだ声で言った。

「セイシュンの記念に、もう一回、港山で漕ごや」

青い春の季節。そんなきれいなもんじゃないよと悦子は思った。間抜けなことばかりして、ちっともサマになっていない自分の高校生活。かっこ悪くてたどたどしくて、どうしようもない。間違った文字を消すように、出来事を消せる消しゴムがあれば、あれもこれもごしごし消し去りたい恥ずかしい思い出ばかりだ。

久しぶりに座るシートは、ひんやりと冷たかった。

「ライトでいこう」

「整調、無理するな」

「オーリャ！」

梅津寺のスタート地点に向かって、艇はゆっくりと動き始めた。ブレードの水をふくんだ重さが心地よかった。オールの向こうに燃えるような赤い太陽があった。残ったエネルギーを惜しみなく燃やし尽くすかのように、最後の熱さで水平線を赤く染めていた。

「じゃあ、ラスト一本、いきます」

ヒメはいつもと同じように言った。

「オールメン用意して。用意……ロー！」

誰もいない夕暮れの砂浜を人の乗った馬が駆けていた。馬は艇と並んで走った。何度も見た海の家や艇庫のある風景は前へ前へと流れていった。軽く流していても、半ばから息は苦しくなる。単調で苦しくて、汗と豆と日焼けのおまけがついてくるボート。それでもやめられないのは、どうしてなんだろう。答えなんか返ってこない。悦子はただ赤いブレードの往復を見ていた。

「スパート十本いこう」

「オーリャ！」

スパート、スパート、とヒメは叫ぶ。四つのクラッチの音がひとつになった。

「ラスト！」

最後の力をオールにのせた。

「イージー・オール！」

ヒメの凜とした声が響いた。オールメン、ロー・アウトして、オールを流した。それぞれ後ろの漕ぎ屋の足の上に寝っころがった。かすんだ水色の空を雲が流れていく。荒い呼吸の音と艇に当たる波の音を聞いていた。しばらくして落ち着いてから、悦子から順番に上体を起こした。

「ストローク・サイド、バック。バウ・サイド、ロー」

陸に向かって方向を変え、ゆっくりとフォワードをとって、艇は滑り出した。数本漕いでやめ、そのまま惰性で岸に着く。バウの後ろに座っていた市原さんが陸に飛び降りて、艇の先をつかむ。ヒメはフックで艇を固定する。四人の漕ぎ屋はストラップから足をはずして、はきなれたソックスを脱いだ。

「バウ、ありがとう。二番、ありがとう。三番、ありがとう。整調、ありがとう。オールメン、ご苦労さんでした」

「ありがとうございました」

四人はヒメに答えてバウから順番に艇を降りた。急にみんな無口になった。上陸して船を拭きながら、大西さんと市原さんがしゃくりあげていた。出ていく者より残される者の方が切ないのだろう。事情のわからない一年生はきょとんとしていた。

「よし、モダン焼き、食べて帰ろうや」

悦子はわざとおどけた。

「あー、お腹、へった」

「あたし、うどんモチ入りオム巻き大盛り」

いちばん痩せっぽちのイモッチが叫んだ。

「今から頼んでどーするんよ」

ダッコのひとことでみんな笑った。

＊

引退してからも悦子はときどき後輩の世話に出かけた。かつて安田さんがそうしてくれたように。でもそれは言い訳で、本当は海が見たかっただけだ。

　松山東高校の一年の行事のうち、生徒がいちばん盛り上がるのは運動会だ。三年生は、夏休みは前半、後半、たっぷりと補習があって、実質的に学校に行かなくてもいいのはお盆をはさんだ十日間だけだった。青柳、紅樹、紫雲、黒潮のグループの幹部は、補習後に集まって準備を始めていた。共通一次試験で受験が早くなり、運動会の日程も早められていた。夏休みにバイトして運動会の資金を稼ぐのは禁止になった。そのかわり学校から費用が出る。一方で、補習が終わると、多少は涼しい廊下に机を持ち出して勉強している生徒もたくさんいた。悦子には生徒たちが受験を楽しんでいるように見えた。年ごとにバンカラな男子は姿を消し、悦子が一年生のときの先輩のような、破天荒な生徒はもういない。こぢんまりした優等生ばかりになってしまった。

　九月になると、体育の授業も運動会の練習になる。三年生の男子は上半身裸で、長い竹の棒を手に、三橋美智也の歌う「神輿《みこし》音頭」にのって体操する。東高名物、棒体操だ。ふたりで向かいあって、竹の棒をぶつけあわせるので、手に当たって傷をつくったり、豆ができたり、男子はなかなか大変である。みんななんだかんだ言いながら、いつの間にか真剣になっている。女子はマスゲームで、扇子を持ち、ひらひらした衣装をつけて踊る。

一週間前から全員で準備していい期間になった。悦子は大道具担当だ。グラウンド劇場の今年の出しものは、「スペース大パニック」というSFスペクタクルで、悦子ははりぼてで岩を作る担当になった。同じ黒潮グループのイモッチとふたりで、はりきって朝の六時に登校したら、誰もいない。一時間ほど遅れて幹部がやってきた。新聞では毎日のように暴力団の発砲事件が報道されていて、危険だからあまり早く登校してはいけないと先生からお達しがあったのだという。

放課後、イモッチとふたり、竹を割り、ああでもない、こうでもないと制作したのに、結局、完成した岩は、あまりにもいびつで使えなかった。「あの、悪いけど、もう何もせんでええけん」と大道具の責任者に言われ、イモッチと悦子は三日でクビになってしまった。することがないので、炊き出し担当のヒメを手伝ったり、カメラを持ってぶらぶらしたりしていた。限られた予算で、三百人ものグループ員におむすびを配る。ヒメは「お米は高いから、六割くらい麦を混ぜたらどうだろう」と悩んでいた。「六割はきついからせめて四割にしたら」と悦子はアドバイスしたが、結局、このアイデアはボツになった。それでも私服を着て、応援の練習をしたり、炊き出しのおにぎりを配ったりするのは楽しい。グラウンドを囲むように四つの櫓《やぐら》が組まれ、校庭もだんだん運動会らしくなってきた。

グラウンド劇場の出演者はほとんど男子だったが、エキストラの宇宙人役が悦子にまわってきた。サルモネラ星人C。台詞《せりふ》はない。当日を間近に控えて、衣装合わせがあった。妖怪人間べムのような、身体にぴったりの緑のコスチュームで、とがった耳をつけ、当日は顔も緑に塗るらしい。ヒロインのアーヤ姫は田中ちえみで、裾の長いドレスを着け長い髪をあげると、クラブのホステスか演歌歌手のようだ。大量に衣装を作るので、縫う人は口も開かず黙々と作業している。やっとできあがった衣装を着て、うろうろしていたら七時を過ぎていた。

ちゃぶ台の向こうで、父の機嫌は悪かった。贔屓《ひいき》の巨人は大洋に負けていた。父は荒々しくテレビとラジオのスイッチを切った。野球の放送はいつもテレビの映像を見ながら、ラジオの解説を聞くのだ。単調で無神経なトランペットの音がふいに消えて静かになった。

「ボートが終わったら、運動会か。どして勉強せんのぞ。今がいちばん大事なときやろが」

父は酒の勢いをかりて、怒っていた。

「運動会だって大事じゃ。今しかできんもん。それに、あたし……」

言うべきときがきたと悦子は思った。

「大学には行かんけんね。受験はせん。東京へ行く。写真の専門学校へ行って、カメラマンになる」

父はあんぐり口を開けた。

「寝言は寝て言え！　おうちゃくな！　金は一切出さん、仕送りもせんぞ。くそ馬鹿が！」

父は口からご飯のつぶをとばした。

「誰が何と言おうが、あたしは行くよ。お金は、一年間バイトして貯めるけん。父ちゃんの世話にはならん」

母と伯父と伯母は、あぶらめの煮付けをつつき、もくもくと食事を続けていた。爆発したのは悦子ではなく、ばあちゃんだった。

「あんたが出さんのやったら、うちが出しちゃる！」

「お婆《ばあ》は黙っとれ！」

「せっかく悦子がやりたいこと、見つけたんじゃないか。好きなこととして、どこが悪いんじゃ」

「ほやけど、ばあちゃん、大学ぐらいは出とかんと」

伯母は祖母の膝を軽く叩いた。

「できるときに勉強せんかったら、一生だいなしぞ」

父はまた怒鳴った。

「あんたやって、親が高校行けいうんが嫌で、家出して、ここ来たんじゃろがな」

「ほやから、言うとるんでしょうが」

父の声が急に小さくなった。戸籍上は違うが、立場的には父は養子なのだ。ばあちゃんはぴしゃりとちゃぶ台の上に箸を置いた。

「とにかく、子には子の人生があるんじゃけんな。親の思い通りにはならんぜ」

一本気なところは、ばあちゃんからの隔世遺伝らしい。

「悦子、とことん、おやり。ほやけんど、自分の好きですることじゃ。うちの目ェの黒いうちは、一人前になる前にやめて帰ってきても家には入れんぞな」

悦子は深く深くうなずいた。

「勝手にせえや!」

父はトランジスタ・ラジオをわしづかみにすると茶の間を出ていった。足にちゃぶ台がひっかかって、里芋の煮ころがしがころがった。母はそれを箸で突いて食べた。仕事場から大音量で巨人の負けっぷりが伝わってくる。アルコールに弱いので大酒も飲めず、煙草も吸わない父にできる唯一の怒りのパフォーマンスなのだ。自分が安全なレールを外れ、迷走していることは悦子にもわかっていた。確かに父の言う通り、自分は受験勉強からただ単に逃げているのかもしれなかった。

ある種の熱に浮かされている感じで、運動会の当日になった。騎馬戦、短距離走、綱引き、競技はすべて順位によって点数がつけられ、グループで総合得点を競う。競技にでない生徒は櫓に座って見学する。櫓の後ろにはグラウンド劇場の巨大なかきわりが立てられている。昼食の前に、先生たちの仮装行列があった。生徒がグループの先生に扮装をさせて、これも得点になる。担任の沢本はキッスのジーン・シモンズで、ロンドンブーツをはき、舌をべろべろ出して拍手かっさいを受けていた。数学のコロンボは本当に刑事コロンボにされていたが、ただのしょぼくれたおじさんみたいだった。そのあと、唯一、得点に関係ない運動部の行進があって、悦子たちもユニフォームに着替え、部旗を持ってグラウンドを一周した。歩いていると、誰かが「女子のボート部なんかあったん」と言うのが聞こえて、悦子はむっとした。

なんといっても、運動会の華はグラウンド劇場である。脚本から大道具、出演まで、生徒たちがやる。あわただしく昼食を食べて、緑色のサルモネラ星人の格好になると、すれ違うクラスメートも悦子だと気づかない。宇宙ガンで撃たれて土の上に倒れ、その気になって芝居しているうちに、無事終わった。紅樹の出しものは「ジーザス・クライスト・トリック・スター」で、テンマ・カケルはキリスト役だった。関野ブーや田宮も同じグループで、不器用なステップでダンスを踊っていて、悦子は吹き出しそうになった。優勝したのも紅樹だった。

あっという間の一日だった。その日のうちにかきわりや大道具を壊し、最後は校庭の中央に集めて燃やし、ファイア・ストームになる。あれ、あれ、と見ている間に、みんな輪の中に入っていく。えっ、あの子とあの子が、と意外なカップルがいくつも誕生している。相手のいないイモッチと悦子は遠巻きにして騒いでいた。すると田宮がどこからともなくやってきて、強引にイモッチの手を握って連れていった。悦子はぽつんと残された。振り返ると、関野ブーとテンマ・カケルがいた。

「踊らないの？」

テンマ・カケルが聞いた。

「なんか、恥ずかしいもん」

悦子は顔をしかめる。誘って欲しいようで、欲しくないようで、悦子は意気地がない。遠くから二年生の女の子がふたり走ってきた。

「先輩、踊ってください」

「行っといで！」

悦子は二人の背中をどんと押した。

「こんなことできるのも、今日までだな」

テンマ・カケルは応援で叫んだせいで、ががらになった声で言って、輪に引き込まれた。

校庭の真ん中で、オレンジ色の炎をあげて運動会の残骸が燃えていた。悦子はひとり闇の隅にいて、走馬灯のように動くみんなの姿をいつまでも眺めていた。

三年生に残された大きなイベントは大学受験だけになった。運動部の選手もみんな引退して、教室の空気も緊迫してきた。それなのに悦子はカメラばかりいじっていた。

父は悦子の希望を認めようとしないで、ますます怒りっぽくなった。会話のないまま、大晦日になり年が明けた。最後の進路指導で、担任の沢本はカメラは趣味でできると言った。だけど悦子は仕事にしたかった。「飯を食っていけんやろが、一晩よーく考えてみい」と半ば呆れたように沢本はたたみかけたけれど、悦子は頑として考えを変えなかった。

一月からは補習だけで、学校へ行くか自宅で勉強するかは本人の自由になった。悦子は近所のうどん屋でアルバイトした。お金を貯めて免許もとりたかったし、自分のカメラも欲しかった。進学校の三年生が働くというので珍しがられ、雇い主の方が「ご両親は知っとるの」と心配していた。たまの登校日や予餞会で学校へ行くと、自分ひとりだけ別世界の住人だった。変わり者で入学し異端児で卒業するのだ。

二次試験や私立大学の受験が始まる前に卒業式があった。テンマ・カケルは最優秀で卒業し、壇上に登って表彰された。日焼けが落ちて白くなった肌は青みがかって、宗教画の殉教者のようだ。やがておきまりの式次第が終わって、おごそかにブラスバンドの演奏が始まった。

眉きよらかに　頰はあつく
命また燃えたり
かかる日の　かかる朝なり
青雲の思ひ　流れやまず　流れやまず
茜明けゆく　空のはたて
誇《ほこり》はたかく　夢はふかく
われら　ここに集ふ
ここにして　唇《くち》に歌あり
ここにありて　日は美《うる》はし
日は美はし
光もとめて　生くる月日

校歌を歌うのもこれが最後だ。洲之内徹《すのうちとおる》の作った学校名すら出てこない詩のような歌詞。考えてみれば変わった校歌だ。蒼《あお》みがかった夜明け前の空が悦子の目の前に浮かんだ。悦子はボートに熱くなった日々や修学旅行のこと、いろんな場面を一度に思い出していた。「仰げば尊し」よりも「蛍の光」よりも、大音量の合唱だ。甲子園で、この日本一、美しい校歌を聞かせたいと卒業文集に書いていた野球部のキャプテンが、目を閉じて、大きな口を開けていた。

「卒業おめでとう」

校門で大野夫人と後輩たちが待っていた。大野夫人は悦子を見つけると、小さな菜の花のブーケをさしだした。葉の尖った菜の花だった。お日さまを懸命に浴びて、のびやかに開いた黄色い花たちは、早い春の匂いを放った。

「シノムラさん、女子ボート部を復活させてくれて、ほんとにありがとう。あなたは、私と主人に、もう一回、青春をくれたんよ」

悦子は照れ臭くて、うつむいた。灰色のアスファルトに、小さな水滴が落ちた。

「たぶん、寺尾さんたち大先輩も、同じ気持ちやと思う」

大野夫妻がいたから、ここまでやってこれた。感謝されるようなことは何もしていない。むしろ、やっかいばかりかけてきた。いろんな思いを伝えたかったけれど、言葉が咽《のど》につっかえて出てこない。悦子は「いろいろ、ありがとうございました」と言うのがやっとだった。

ヒメがいた。ダッコがいた。リーがいた。イモッチがいた。無味乾燥な時間を、海と太陽と風と一緒に彩ってくれた仲間たちがいた。とうとう最後までボートとつきあってくれたみんなと過ごした日々は忘れないだろう。おそらく、一生。どこにいても、何をしていても。なにげなく、当たり前のように過ごしてきた港山の日々が、宝物になって記憶の箱の中できらきらと輝いていた。たくさんのさよならを告げて、悦子は校門を出た。

電車通りを歩いていたら、後ろからぽんぽんと肩を叩かれた。テンマ・カケルだった。

テンマ・カケルは伸びた前髪を細い指先でかきあげた。

「また逢おうぜ、シノムラ」

「うん」

someday, somewhere, by chance. 悦子は心の中でつぶやいた。テンマ・カケルは少し笑って片手をあげると、先に走って行き、その姿は人込みに紛れて消えた。悦子はいつもより胸を張り、目線をあげて歩き始めた。風はまだ冷たかったが、春の予感にあふれていた。

教習所に通ったりバイトしたりしているうちに三月になった。新聞にぽつぽつと大学合格者の名前が出るようになった。ヒメとイモッチは愛媛大学、ダッコは早稲田大学、いちばん心配していたリーは、滑りどめの私立はみんな落ちたのに、岡山大学の医学部だけ合格して、悪運の強さを証明した。どうやら受験にブタ神様を連れていったらしい。ダッコは朝日レガッタ以来、エイトに憧れて、マネージャーでもいい、ボートを続ける気で大学を選んでいた。

免許がとれた頃に桜の花が咲いた。父の許しはまだ出ておらず、ぎくしゃくした関係が続いていた。悦子はひとりで大阪行きの船を予約した。まず京都へ行って姉と会い、それから東京へ行くつもりだった。近所の八百屋でもらってきたダンボールに衣類を詰めた。写真の専門学校の入学案内をめくっていたら、なんだか不安になってきた。これから自分はどうなるんだろう。でも、考えても仕方ない。何もしないで安全に暮らすより、失敗したっていい、結果なんかどうだっていい、何かしてみたい。傷つくのを怖がるのはやめようと悦子は思った。

ばあちゃんがふいに二階にあがってきた。

「これ、持っておいき」

ばあちゃんは小さな薬箱を渡した。風邪や腹痛の薬が入っていた。

「父ちゃん、学費、出してくれると」

「えっ、ほんと！　よかった」

「さあ、これで、あたしゃ、お役ご免じゃ。やれ、うれしや」

ばあちゃんは腰を伸ばした。

「あとは、あんたひとりでしっかりおやり。あたしはなーんも心配してないけんな」

それだけ言うとばあちゃんはまた階下へ降りていった。

夜になって本を詰めていると、窓にコツンと何か当たる音がした。気のせいかと思ったとき、また、コツンと音がした。がらりと窓を開けたら、部屋の下に関野ブーが立っていた。黙って窓を閉めて店から外に出た。

四月なのに夜の空気はまだ冷たい。

「テンマ・カケルな、東大の文Ⅲ、受かったと。さっき電話かかってきた。シノムラにも言うとってくれって」

「ああ、そう……よかった」

「感動がないな」

関野ブーはまっすぐに悦子の目を見た。澄んだ黒い瞳だった。悦子は苦しくなって視線をはずした。

「あんたは？」

「俺は東京商船」

「トーキョーショーセン？」

「うん、俺、船乗りになる」

金物屋の白犬が行き場を失ってさまようようによたよたと歩いていた。金物屋は店を閉め、白犬は野良犬になっていた。

関野ブーは急に真顔になって、すっと手を差し出した。月明かりの下で、ふたりは不器用に握手した。関野ブーの掌はごつごつして熱かった。

やがて関野ブーはじゃあなと言い、白い明かりのついた商店街をゆっくりと歩いていった。

悦子が松山を離れたのは父の誕生日だった。なんだか、長い旅に出る気分だった。ゆっくりと、少しずつ松山を離れたかった。出かける前に仕事場へ行ったら、父は忙しそうにアイロンをかけていた。

「父ちゃん、行ってくるけんね」

父は黙っていた。送っていくという母とばあちゃん、伯父、伯母を悦子は押しとどめ、バッグとカメラだけを持って、家の近くの駅から電車に乗った。見送られると寂しくなってしまいそうだったのだ。これからは、ひとりで歩いていくんだ。悦子はそう決めていた。港へ向かう電車の窓から港山が見えた。悦子は記憶に焼き付けるように、目をこらして夜の海を見ていた。

大人の階段は昇るというより、深い地下室におそるおそる降りていくような感じがした。

春休みで船は混んでいた。二等船室に場所をとって甲板に出た。ドラも鳴らず、汽笛も発しないで、はしけが離され、船は静かに出航した。

見送る人がきの隅に、父がいた。桟橋の端に立って船をじっと見ていた。もともと小柄な父はひどく小さく見えた。申し訳ない気がした。父は姉よりも、できの悪い悦子があぶなっかしくて、手元においておきたかったのかもしれない。いちばん寂しいのは父なのだ。離れようとして初めて、悦子は父の不器用な愛情を知った。父はごしごしと顔ばかりなでていた。父のはるか上に、少し欠けたいびつな月があった。ゆっくりと船は岸壁を離れた。父は船の航跡に向かってまだ立っていた。いつまでもいつまでも動かなかった。

船の行く先は闇だった。何が待っているか、悦子はかいもく見当もつかなかった。でも、もう、怖くなかった。からだごと自由になって頭のてっぺんからつま先までわくわくしていた。星の光は地上の人工的な光に負けていたが、それでも一所懸命、輝いていた。悦子は胸一杯に潮風を吸って、船室に戻っていった。

あとがき

松山東高校の校門を出てから、私の十七年は、ちょっと大袈裟だけれど、ジェットコースターに乗っているような毎日だった。とくに、この三年間はなかなかのもので、しだいに絶叫度を増して、すごくいいことのあとには、ひどく辛いことがついてきた。おそらく多くの人がそうであるように、現実のほうがよくできたドラマのようで嘘っぽい。

一九九五年六月、八方ふさがり、お先まっくらの状況に私はいた。苦しかった。テレビの中で切りとられたようなオウム報道も、まさかと思う凄惨な事実ばかりで、阪神大震災の傷もまだ癒えていなかった。やりきれない気分だった。そんなときに、この小説を書いた。

ぺしゃんこになってたまるか、明けない夜はないんだ、なくしたものより、あるものを数えよう、できないことをなげかないで、できることを楽しもう。「がんばっていきまっしょい」を書きながら、私は、無意識に、自分自身を励ましていた。

　七分ほど仕上がったとき、すでに賞の締切りは目前にせまっていた。クーラーのない蒸し暑い我が家で、真夜中、何気なくワープロのキーを押したら、文書名を変更するのを忘れていた。頭が真っ白になった。前半の三十枚が一瞬にして無になった。消えてしまったのだ。

　今回の応募はあきらめようかと思った。くよくよしても、ないものはないのだから、と気をとりなおして、ひと風呂あびて、ふとんを被って眠ってしまった。翌朝、目が覚めるとまたすぐにワープロに向かっていた。何を書いたかは、ほぼ覚えていた。結果的には、その作業によって、前半部分の整理ができた。私という奴は、なかなかしぶとい。転んだら、おんおん泣きながらも、何かを拾って起きあがるタイプかもしれない。

　どうにかこうにか仕上げて、応募締切りの六月三十日、郵便局から速達で作品を送った。受付番号は１０３８。賞をもらえる自信なんてさらさらなかった。冷静になって読むと、ちょっとストレートすぎて、斬新さに欠けているような気がした。けれど、コンプレックスだらけの高校時代を、小説を書くことでやりなおしたから、気分がよかったことだけは覚えている。嬉しい結果をいただいたのは、それから三か月後のことである。

*

この物語の中で、私はどこにいるかというと、「いつも憂鬱そうなバウの市原さん」。そう、私は、ごくごく普通のその他大勢だった。一九七六年、松山東高校に女子ボート部を復活させたのは、一年上の先輩たちである。「がんばっていきまっしょい」は、私が在校した松山東高校、そして、ボート部での記憶をたぐりよせ、作りあげたものだ。現実をそのまま忠実に再現したものではない。先輩の名誉のために書いておくが、篠村悦子の性格その他には、自分自身を投影している。その他の人物には、複数のキャラクターやエピソードを重ね合わせた。関野ブーは、ベースになった人物はいるが、私とは幼なじみではなく、スイートな関係もない。残念ながら、テンマ・カケルにいたっては、モデルすら存在しない。「松山東高校」という学校名限定で書いたため、当時在校された方に迷惑をかけはしないかと心配している。

ちょうど私が入学した一九七七年、松山東高校は創立百周年を迎えた。自分自身がボート部だったので、ボート中心の物語になったが、運動会など、グループの中心になって働いていた人たちには、もっともっとおもしろいエピソードがあったはずだ。個性的な先生たち、ちょっとした事件、私の中にも書ききれなかった出来事がたくさんある。それはそれで、思い出の箱の中に、大切にしまっておこう。

「東高がんばっていきまっしょい」という掛け声は、その当時も、そして現在も使われている。朝礼や体育の授業、運動部の練習などで、

「ひがしこー、がんばっていきまっしょい」「ショイ！」

「もひとーつ、がんばっていきまっしょい」「ショイ！」

「オー、ウェイ！」

「ウェイ！」

「ヤア！」

「ヤア！」

……とまあ、こんな具合に叫ぶのである。

これは、ちょうど私が生まれた頃、一九六〇年代に、スポーツの場で何かよい言葉

はないかと相談していたとき、体育の先生だった高橋俊三先生が、ふっと口にしたフレーズだそうだ。受賞してから、当時の同僚の方からお手紙をいただいて、知った。高橋先生は、先年、他界されたそうである。

いろんな人のいろんな思いが見えない力になって、私に「がんばっていきまっしょい」を書かせたのかもしれない。何年か前、坊っちゃん文学賞イベント会場の二階の隅の席で、審査委員の椎名誠さんと受賞した高校生、中脇初枝さんのやりとりを聞きながら、「ボートのことを書いたらおもしろいんじゃないか」とぼんやりと思いついて、書きかけたものの、長い間、眠っていた物語が、まったく違う姿になって、ここにある。

ブルセラショップだの援助交際だの、なんだかものすごいことになっている今の高校生活から遠く離れたこの物語が、どういう風に受けとめられるのか、私はどきどきしている。ともかく、私に書くことができるなら、ポジティブなメッセージをこめて、虚構を紡いでいきたい。理系の新人作家には及ばないにしても、文系というより体育会系の新人にも、受け入れられる隙間が残っているといいな、と思う。

高校生活を共にしてエピソードを提供してくれたすべての先生、同窓生のみなさん、たどたどしい私の記憶を補ってくれた『がんばっていきまっしょい　松山東高の四季』（校長・松岡覚監修、※百周年記念出版、一年六組敷村良子の短い手記も掲載されている）に寄稿されたみなさん、受賞後、朝日レガッタの思い出やボートの専門知識をフォローしてくれた同期の女子ボート部キャプテン、榊原（旧姓小西）由紀子さん、朝日レガッタの記録を提供してくれた朝日新聞の千葉康由さん、書くことをやめてはいけないと励まし続けてくれた同人誌『原点』のみなさん、その他、出版に際してお世話になったすべてのみなさまに心からお礼を申し上げます。ありがとうございました。

そして、悦子たちと一緒に、物語を共有してくださったあなたに、心から、ありがとうを贈ります。ではまた、別の時間、別の物語でお会いできることを祈りつつ。

一九九六年六月八日午前二時
やさしい雨の音を聞きながら

敷村良子

文庫版あとがき

火事場の馬鹿力、という言葉がある。私が「がんばっていきまっしょい」を書けたのは、まさにそのひと言に尽きる。

読み返すと、この作品は作文以下と評されても仕方ないしろもので、校正しながらかなり凹《へこ》んだ。よくもまあ、数ある作品のなかから坊っちゃん文学賞大賞に選ばれたものだと冷や汗が出る。書いた人間が松山出身で当時は松山在住、舞台も松山だったことがプラスに働いたのだろうか。まことに拙く、おまけに文章には筆者の性格および素行の悪さがにじみ、こんなことを書いたのかと赤くなったり青くなったりしながら、私はめいっぱい赤字を入れた。それでも読むに耐えるものになったかどうか不安な気持ちでいる。

マガジンハウス刊行の単行本は在庫切れになって久しく、私も鳴かず飛ばず書かず売れず。本も筆者もひっそりと消えて当然だった。

それが今回、関西テレビで連続ドラマになり、文庫化された。

星の数ほどある小説のなかから、関西テレビのプロデューサー、重松圭一さんがこの小説を拾いあげたのは、ほとんど奇蹟である。そもそも重松さんにこの小説を薦めたのはホリプロダクションの藤井基晴さんだそうだ。藤井さんは宇和島東高校ボート部OB。磯村一路監督の映画「がんばっていきまっしょい」でボートの指導をなさった井手勝敏先生の教え子だという。藤井さんがいなければドラマ化も文庫化もありえなかった。私とは見ず知らずの藤井さんや重松さんを動かしたもの、それはこの小説というよりボートという競技の魅力であることは間違いない。むろんボート競技を感動的に描いたあの映画あってこその話である。ドラマ化承諾はかなり迷ったが、映画を制作したアルタミラ・ピクチャーズの桝井省志さんはじめ、家族や友人知人が背中を押してくれた。助言をくれた方々、ドラマ制作に携わったスタッフ、キャストの方々に深く感謝している。

まったく私は運がいいとしかいいようがない。

かえすがえすも、劣等生の私がこんな話をでっちあげてしまって、松山東高校卒業生のみなさま、ごめんなさい。ふと考えれば私は小説のネタから現在の伴侶まで、生活の基盤を松山東高校で調達したことになる。もともと学校と名のつく場所は苦手で、なかでも高校は通うのがやっとだったのに、人生わからんもんである。

文庫化に際しては頼もしいパートナー、幻冬舎の菊地朱雅子さんにお世話になった。わがままをすべてかなえてもらい、心の底からうれしい一冊となった。身の程知らずの私の希望を受けて解説を書いてくださった斎藤美奈子さん、イラストを担当してくださった茂本ヒデキチさん、校正、デザイン、そして販売に携わるすべてのみなさまにもこの場をかりてお礼を申し上げたい。苦しい校正作業中はリーチェ「エイジアン・プリスクリプション」（東芝ＥＭＩ）に支えられた。

そして、最後まで読んでくださったあなたへ――。本当にありがとうございました。

春浅き信濃川のほとりにて
二〇〇五年三月　敷村良子

解説

斎藤美奈子

ダメ高校生が一丸となってひとつの目標に立ち向かう——映画やドラマや小説にたびたび描かれてきたこの種の物語（仮に「部活物」と呼びましょう）は、わかっていても、何度見ても、私たちの目をウルッとさせるところがあります。最近の日本映画でいうと、山形の女子高校生たちがビッグバンド・ジャズに挑む「スウィングガールズ」（矢口史靖監督・04年）なんかがその好例でしょうか。『がんばっていきまっしょい』もまた、そんな「部活物」のひとつです。

小説を読む前に、同タイトルの映画（磯村一路監督・98年）ないしＤＶＤを見た人も多いのではないでしょうか。ひとり海を見つめる悦子、夕陽に浮かぶボートのシルエット、雪の中を自転車で行く悦子と関野ブーなど、美しいシーンの多いこの映画は、これが初主演作となった田中麗奈チャンの初々しい魅力も手伝って、日本映画批評家大賞ほか多くの賞に輝きました。

とはいえ、映像は映像、小説は小説です。この本に収められた二つの作品――「がんばっていきまっしょい」と続編の「イージー・オール」――は「部活物」の範疇だけに収まりきらない多様な魅力をもった青春小説です。

物語の舞台は一九七〇年代後半の四国・松山。モデルになっているのは愛媛県立松山東高校（映画では伊予東高校となっていましたが）という実在の高校です。

作者が「フィクションである」と断っているのにわざわざ蒸し返すこともありませんが、いちおう情報としてお伝えしておくと、松山東高の前身は旧制松山中学。若き日の夏目漱石が英語教師として教壇に立ち、あの『坊っちゃん』の舞台にもなったのが旧制松山中学でした。物語の中でも、校長が「本校は今年で創立九十九周年、来年はいよいよ百周年です」と演説するくだりがありますが、悦子とその仲間たちは『坊っちゃん』に出てくる悪ガキ中学生たちの、つまり後輩に当たるわけ。

そんな歴史の古い名門高校の生徒たち（しかも七〇年代の）だと考えると、悦子たち東高女子ボート部員の苦節にも、もうひとつの綾が加わるような気がします。おそらく彼女たちは、勉強ができて、それなりにプライドも高く、しかしスポーツにはさほど関心がない、そんな優等生たちだったにちがいないのですから。

さて、小説の見どころは、大きく三つくらいあるように思われます。

ひとつは主人公である悦子の性格づけです。

本書の単行本の帯には「これで明日もがんばれる　底抜けに明るく爽やか　ひたむきな高校女子ボート部員の物語」という惹句《じゃっく》が踊っておりました。

まあそれも間違いではないでしょう。しかし、お読みになった方はおわかりのはず。悦子自身は必ずしも「底抜けに明るく爽やか」な子ではありません。むしろ、ちょっとすねたところのある、不機嫌モードの少女といったほうがいい。名門高校に合格しても嬉しがりもせず、やりたいことも見いだせず、最初の数学のテストで早くも立ち往生。保育園時代にいじめていた関野ブーには、

〈ネエさん、相変わらず、ハードボイルドな人生送っとるな〉

とからかわれる始末。そう、悦子のそもそもの性格は「はぐれ者」なのです。

この小説にとって、これは非常に重要なことに思われます。

たとえば、この文章。どこでもいい、任意のページを開いてみてください。

〈走っていた。歩いているつもりなのに走っていた〉

〈高校入試の合格発表は見に行かなかった。どうせ落ちると思い込んでいた〉

……た。……た。……た。と、畳みかけるように続く「た止め」の文章。ハードボイルドタッチの、または『坊っちゃん』風ともいえるこの小説の文体は、悦子のぶっきらぼうな性格をよくあらわしていないでしょうか。

健康で、快活で、前向きな女の子がボートをやるのではない。不機嫌で、根性がなくて、運動も苦手で、世をすねた女の子が、よりにもよってボートという、数あるスポーツの中でもとりわけ体力とチームワークを要求される競技を選ぶ。仲間を集め、一から自分を鍛えていく。そこが重要なんですね。

小説が〈走っていた〉という印象的な一文からはじまるのは、だから偶然ではありません。〈女子ボート部、作りたいんです〉。それだけをいうために教員室にむかって走る悦子。まぎれもない、そこが彼女のターニングポイントだったのです。

ふたつめは、やはりボートとクルーの魅力でしょう。

悦子が女子ボート部のクルーとしてスカウトしたのは、コックスのヒメ、三番のダッコ、二番のリー、バウのイモッチ。頼りない子たちばかりです。自分たちで艇も運べず、「お嬢さんクルー」と揶揄《やゆ》される東高女子ボート部員。

しかし、彼女たちにも転機が訪れます。新人戦での惨敗でした。〈このままでは、やめられんねえ〉〈そうよ。私らお嬢さんクルーじゃないよ〉〈どこまでできるか、わからんけど、逃げずにがんばろや〉

仲間たちの言葉に〈「うん、うん」とうなずくだけ〉の悦子ですが、それは五人の転機であると同時に、彼女自身の二度目のターニングポイントでもあった。いつもはクールな悦子の生の心情が、ここでは珍しく吐露されています。〈真正面からぶつからないで、斜に構えているポーズをとっていたのは、失敗するのが恥ずかしく、傷つくのが怖かったからだ〉云々と。

三つめは、そうであるにもかかわらず、しかし、この小説がガッツとファイトで押し切るだけの、いわゆる「スポ根物」では終わっていないことです。

本編「がんばっていきまっしょい」のラストで新人戦に勝ち残り、ひとつの山を越えた悦子は、続編の「イージー・オール」では不機嫌モードの少女からも脱皮して、少し成長しています。受験の重圧、進路の悩み、そして片思いの恋なんかもしちゃっている。それはそれでおもしろいのですけれど、注意すべきは、この続編で、悦子がじつはほとんどオールを握っていないことです。

「陸トレの冬」も明け、琵琶湖での朝日レガッタに向けて始動という頃、まさかのアクシデント。レギュラーの交替を宣告された彼女は、自分が抜けたクルーがスパートをかけ、艇速が伸びていくのを見ながら、ぼんやりと考えます。

〈自分がいないとクルーが困るというものでもないのだ。(略)世の中そういうものらしい〉

陸に上がった彼女は、再び「はぐれ者」の悦子に戻ってしまう。

陸から水へ、そして再び水から陸へ。

残りのストーリーは本文にゆずりますが、三度目のターニングポイントを迎えた悦子は、ここでもうひとつ成長し、ボート以外の新しい世界とも出会って、ほんとの意味での人生に、いわば「漕ぎだして」いくのです。

と、こうしてみると『がんばっていきまっしょい』は「底抜けに明るく爽やかな部活物」というよりも、ひとりの少女の挫折の記録、とさえいっていいように思います。ほかならぬ悦子の恋だって、思いがけない結末を迎えるのだし。

でも、だからこそ、この小説は読者を、とりわけ若い読者を励ますのではないでしょうか？　青春なんて、そんなにカッコイイものじゃないわけよ。不機嫌で、滑稽で、バカみたいで、損ばかりしてて。ベースがそんなだからこそ、ボートの時間が輝くわけで、順風満帆な高校生活だったら部活なんか必要ないんだもん。

東高ボート部員が乗るナックル艇は、重いけれども安定がよい日本だけの競技用ボートだそうです。が、進みが遅いこともあり、ナックル・フォアという種目も、一九八七年を最後に国体やインターハイなどの全国大会では廃止されたと聞きました。いまはもっと軽量で高速の出るシェル艇が主役とか。でも、鈍くさい東高女子ボート部に似合うのは、やっぱりナックル艇ですよね。

表題作の「がんばっていきまっしょい」は、松山市が主催する第四回坊っちゃん文学賞の受賞作です。舞台といい、伊予弁がとびかう物語内容といい、あまりにも出来すぎではありますが、坊っちゃん文学賞は「斬新な作風の青春小説」という規定があるだけの（もちろん全国区の）新人文学賞。この作品が選ばれたのはまったくの偶然です。しかしまた、なんという幸福な偶然。

時代が変わっても、重くて遅いナックル艇から軽くて速いシェル艇に主役が交代しても、日本中の地方都市に、悦子みたいな不機嫌な女子高校生（そうです、かつては私もそうでした）はきっとまだまだいるはずです。うがった見方をすれば、『がんばっていきまっしょい』というタイトルは、そんな大勢の悦子たちへのエールでもある。「イージー・オール」とはボート用語で「漕ぎ方やめ」（ゴール）を意味しますが、人生の「イージー・オール」はずっとずっと先なんですから。

――文芸評論家

この作品は一九九六年七月マガジンハウスより刊行された単行本を大幅に加筆修整したものです。

この作品は全てフィクションであり、実在する人物、学校とは一切関係ありません。

幻冬舎文庫

●最新刊
「恋の痛み」を感じたら
有川ひろみ

「恋の痛み」を経験してきた女性は、きっと美しくなれる――。恋愛論の第一人者である著者が、「恋の痛み」の対処法や、愛を育むコツ、自分磨きのポイントを綴った、究極の恋愛バイブル。

●最新刊
学校に行かなければ死なずにすんだ子ども
石坂　啓

見せしめのように担任から怒られ、爪を噛むようになった息子。それを機に見えてきた学校の変な姿。学校とうまく付き合うには？　学校絶対主義に真っ向から立ち向かった衝撃の一冊！

●最新刊
マダムだもの
小林聡美

オットのドタキャンでひとりで出かけた結婚記念旅行、夫婦で長生きのための地味な食事、犬の躾に発揮する「武士道精神」……。女優でマダムのつつましくも笑える日常を綴った名エッセイ。

●最新刊
公事宿事件書留帳九
悪い棺
澤田ふじ子

米屋の主の葬列に石を投げた少年・修平の言動に聡明さを感じた菊太郎は、彼を助けようと一計を案ずる。公事宿「鯉屋」の居候・菊太郎の活躍を人情味豊かに描く、人気時代小説シリーズ第九集。

●最新刊
さりげなく、私
藤堂志津子

会社員から作家への転身――。夢中で働いた広告代理店勤務時代から、物書きとなりひとりで机に向かう淋しさを感じた頃。直木賞作家の、激動の三十代～四十代をユーモアたっぷりに綴った名著。

がんばっていきまっしょい

敷《しき》村《むら》良《よし》子《こ》

平成17年6月10日　初版発行
令和6年10月10日　6版発行

発行人――石原正康
編集人――高部真人
発行所――株式会社幻冬舎
〒151-0051東京都渋谷区千駄ヶ谷4-9-7
電話　03(5411)6222(営業)
　　　03(5411)6211(編集)
公式HP　https://www.gentosha.co.jp/
印刷・製本―TOPPANクロレ株式会社
装丁者――高橋雅之

幻冬舎文庫

ISBN4-344-40660-5　C0193　し-21-1